岁的小鹿

【美】马乔里·金南·罗林斯 ◎著

康 婷　李小玲 ◎译

江西高校出版社

JIANGXI UNIVERSITIES AND COLLEGES PRESS

图书在版编目（CIP）数据

一岁的小鹿 /（美）罗林斯著；康婷，李小玲译 . —南昌：
江西高校出版社，2016. 3（2020.6 重印）

（国际大奖动物小说）

ISBN 978-7-5493-4130-6

Ⅰ . ①一⋯ Ⅱ . ①罗⋯ ②康⋯ ③李⋯ Ⅲ . ①儿童文
学 - 长篇小说 - 美国 - 现代 Ⅳ . ① I712.84

中国版本图书馆 CIP 数据核字（2016）第 056358 号

责任编辑　刘建梅　谢四玲
装帧设计　罗俊南

出版发行	江西高校出版社
社　　址	江西省南昌市洪都北大道 96 号
编辑电话	（0791）88170528
销售电话	（0791）88170198
网　　址	www.juacp.com
印　　刷	湖南锦泰数字印刷有限公司
经　　销	各地新华书店
开　　本	787mm×1092mm　1/16
印　　张	18
字　　数	167 千字
版　　次	2016 年 3 月第 1 版 2020 年 6 月第 3 次印刷
书　　号	ISBN 978-7-5493-4130-6
定　　价	54. 00 元

赣版权登字 -07-2016-141

目 录
contents

第一章

001　一　金色的童年

013　二　乔迪的爸妈

016　三　老缺趾

021　四　猎杀老缺趾失败

030　五　去福里斯特家

第二章

036　一　可爱的小浣熊

041　二　小狗换猎枪

050　三　野味飘香

055　四　乔迪想养一头小熊

065　五　斜阳下鹤群起舞

第三章

075　一　小野鹿出生了

095　二　哈托奶奶真好

105　三　三个伤兵

110　四　鹌鹑开始筑巢了

113　五　爸爸被响尾蛇咬了

135　六　乔迪收留了小鹿

第四章

154　一　小鹿通晓人意了

168　二　朋友怎么会消失

172　三　秋天的野果非常多

178　四　灾后觅兽踪

185　五　黑舌病

第五章

191　一　小鹿闯祸了

196　二　狼来了

200　三　一窝小熊

210　四　树林里鸟在唱歌

216　五　圣诞节到了

234　六　告　别

第六章

237　一　狼又来了

241　二　贝尼风湿病犯了

245　三　一岁的小鹿

249　四　小鹿又闯祸了

257　五　打死小鹿

266　六　小旗，小旗……

第一章

一　金色的童年

　　一缕炊烟从小木屋的烟囱里袅袅升起，由蓝变灰，慢慢飘向蔚蓝的天空。乔迪望着它，思索着。厨房里的炉火快要熄灭了，妈妈开始收拾午饭后的碗碟。今天是星期五，按说妈妈是要用荞麦秸做成的扫帚扫地的，如果幸运的话，她还会用玉米皮刷子刷地板，这样在他到达银谷之前，妈妈是没空想起他的。乔迪站了一会儿，扶正了肩上的锄头。

　　如果眼前这片玉米地里没那么多杂草，那锄地还是很愉快的。野

蜂发现了门前那棵楝树，贪婪急切地钻入娇艳的紫色花簇中。乔迪想，如果沿着野蜂飞来的方向找过去，也许可以找到贮满蜂蜜的蜂巢。现在，找到蜂蜜比锄地更有意义，因为为过冬储存的糖浆已经吃完了，果酱也所剩不多。

这个下午阳光明媚，他情绪高涨，就像野蜂钻进了茂盛的楝树花簇中。他觉得，自己必须穿过松树林，一路跑到小溪边去，因为蜂巢很可能就在水源的附近。

乔迪将锄头放在篱笆旁，他打算沿着玉米地走去，直到看不到他家的小屋为止。他双手抓住篱笆，纵身跳到了另一边。猎狗老朱莉跟着爸爸去雷厄姆斯维尔了，而猎狗瑞波和新来的狗皮克看到乔迪翻过篱笆后，就叫着向他跑过来。瑞波的叫声很低沉，皮克的却又尖又高。当它们认出是乔迪后就都摇着尾巴乞求原谅。乔迪没有生气，还把它们送回到了院子里。除了早晚送食物给它们的时候，它们对乔迪并不亲近。这时乔迪不禁想起了老朱莉，它对人倒是很亲近，可是老得掉了牙的它也只对爸爸——贝尼·巴克斯特一个人好。乔迪也曾试着讨好老朱莉，却没有成功。

爸爸曾告诉他："十年前，你只有一两岁，那时老朱莉还是条小狗，你无意间弄伤了它，所以它不再信任你了。这就是猎狗。"

乔迪在饲料槽前转了一圈后，就向南抄近路穿过了一片松树林。他从沙地中穿过，向东奔跑。虽然从这儿到银谷有三千米的距离，但乔迪觉得自己似乎可以永远奔跑下去。他的双腿并没有酸痛的感觉，但他还是放慢了脚步，想多走一会儿。现在，那片松树林已经在他身后了。沙松密密麻麻地排列在道路两旁，它们的枝干很细，在乔迪的眼里像是一根根火柴。前方是一个斜坡，乔迪欢快地跑上坡顶。他眺望着远方，天空蓝得就像用哈托奶奶的靛蓝染的衬衫。一团棉花似的小云朵飘浮在空中，阳光突然隐没，云彩变成了灰色。

"傍晚前要下毛毛雨了。"他想。

于是，乔迪从斜坡顶端冲下来。去银谷的路上布满细沙，他放慢了脚步，欣赏着身边各不相同的植物。他找到了一棵木兰树，他曾在上面刻了一张野猫脸，这是附近有水源的标志。他觉得奇怪，同样的泥土和雨水，为什么丛林中长的是瘦高的松树，水源附近生长的却是木兰树。不同地方的狗都一样，牛、骡子、马也是如此，但不同的地方却生长着不同的树。

"想必是因为树不能移动吧，"他对自己说，"它们只能吃泥土里的食物。"

路的东边是一个斜坡，上面长满了各种树木，下面是一汪泉水。乔迪从树荫下走向泉边，这个隐蔽又可爱的地方让他感到十分愉悦。

清澈的泉水喷涌而出，水从沙土中喷出的地方有一个漩涡，沙粒在里面翻滚着。再往前走，泉水的源头显现出来，它从白色的石灰岩中冲出，奔向山下，形成一道溪流。小溪汇入乔治湖，而乔治

第一章

湖是向北流入大海的圣约翰河的一部分。乔迪很兴奋，因为即使大海有很多其他的源头，但这个是只属于他的。

这次出行让乔迪的心里暖暖的。他挽起裤腿，光着有些脏的脚，踏进了浅浅的水中。他的脚趾陷入沙子中，软软的沙子从脚趾缝中挤出，渐渐没过他的脚踝。水很凉，瞬间让他觉得浑身一阵冰凉。接着，泉水流过他的小腿，发出淙淙的响声，感觉棒极了。他来回踩着水，尝试着将大脚趾插到光滑的岩石下面。一群小鱼受惊游出来，向下面更宽阔的水域游去。他想在水中追逐它们，但鱼儿们瞬间就消失不见了。他蹲在一棵树根裸露又悬空的橡树下，那儿有一个深水潭。乔迪想，鱼儿或许会在那里出现，结果只有一只青蛙蹿了出来，瞪着他，之后又惊恐地逃到树根下面去了。他不禁大笑起来。

"我不是浣熊，不会抓你的。"他在后面叫道。一阵微风穿过枝叶吹拂着他，阳光照在他的头和肩上，他感觉很舒服。直到微风消失了，阳光也照不到他了，他才走到了对岸。

一棵矮棕榈划到了他，让他想起自己口袋里有一把小刀。他从去年圣诞节开始就计划做一个小水车，以前哈托奶奶的儿子奥利弗每次从海上回来都会给他做一个。乔迪立刻开始工作，他努力回忆着能使水车旋转的精确角度。他砍下两根枝丫，并制作成两个同样大小的"Y"字形支架。他记得，奥利弗对转轴的圆滑度要求很苛刻。一棵野生樱桃树长在溪边的半坡上，他从上面砍下一段如铅笔般笔直的枝条，然后割取了两片棕榈叶片。他在叶片中间纵向开了一条缝，使它的宽度刚好可以插入樱桃枝条。他小心调整了棕榈叶的角度，最后把"Y"字形的枝丫分开来，再深深地插入小溪底部的沙地中。

水只有几厘米深，却不停地流淌着。

乔迪深深地吸了一口气，躺在杂草丛生的岸边，沉湎于使水车转动的魔法中。升上来，转个圈，落下去；升上来，转个圈，落下去——小水车真神奇啊。咕嘟咕嘟冒泡的泉水不停地从地里涌出，细细的水流无穷无尽。除非树叶掉落，或者轮轴被松鼠折下的月桂树枝砸坏，小水车或许会永远转动下去。

他挪开了一块硌着他肋骨的石头，挖了一个可以容下他的臀部和肩膀的空间。他伸出一条手臂，将头枕在上面，暖暖的阳光照耀着他的全身。乔迪懒散地看着转动的水车，银色的水珠从轮轴处飞溅开来，像是流星的尾巴，一只雨蛙歌唱了一会儿就沉默下来。一瞬间，乔迪觉得自己像是悬挂在用柔软的稻草堆成的小溪的岸边，雨蛙和水车溅出的水珠也和他在一起。他并没有从岸边掉落进溪流，而是跌进了软软的稻草中。这样想着，他睡着了。

当他醒来时，以为自己并不在溪边，而是在另一个世界，因而恍惚间，他觉得自己还在做梦。太阳消失了，所有的光和影都消失了，周围的植物也消失了。整个世界是一片柔和的灰色，天空雾蒙蒙的。原来是下雨了！他躺着，像幼苗一样吸收着雨水。当他的脸淋湿了，衬衫也湿透了，他才离开沙窝。他站了一会儿，发现一只鹿在他睡觉时来过泉水边，留下了一串新鲜的足迹。那是母鹿尖尖的足印，它们深陷于沙地中，表明那是只很大的母鹿，或许还怀着小鹿呢。它没有看到他，于是来到溪边饮水，但当嗅到他的气味后，就慌乱地逃走了。又或许它嗅到气味之后就逃走了，并没有喝到水。乔迪希望它现在并不口渴。

他开始寻找别的痕迹。几只松鼠在溪岸上大胆地上蹿下跳；不知何时，一只浣熊过来了，在沙地上留下了像留有长指甲的人的手那样的足印。之后，他回到小水车旁，发现它还在旋转着。

乔迪抬头看了看天空。天灰蒙蒙的，他不知道现在是什么时间，也不知道自己睡了多久。他开始往西岸走，那里十分开阔。正在他犹豫着是回去还是继续待在这儿的时候，雨悄悄地停了，一阵微风从西南方向吹来。太阳出来了，所有的树木、青草、灌木丛都沾满了雨珠，在阳光下闪闪发光。

看到这美丽的景色，乔迪开心极了，像展翅的大鸟一样把双臂抬到肩膀的高度，开始原地旋转。他越转越快，当感觉自己头晕得快要爆炸的时候，他闭上眼睛，正好倒在草丛中。他感觉自己在旋转，大地也跟着他旋转。他睁开眼睛，四月的蓝天与白云在他头顶旋转。男孩、大地、树木，融合在一起。过了一会儿，他的头脑清醒了，就站了起来。他觉得有些眩晕，但心里很轻松。

他转身朝家中飞奔，呼吸着松树林中湿润芳香的空气。当自家垦地周围的松树林映入眼帘时，太阳都快要下山了。他听到鸡争吵的声音，知道它们刚吃过食。他进入了垦地，看到炊烟从烟囱中袅袅升起，灶台上的晚饭和烤炉中的面包应该已经做好了。他希望爸爸还没有从雷厄姆斯维尔回来。这时他第一次想到，爸爸不在的时候他不应该离开家。如果妈妈需要木头，却找不到他，她会生气的。突然，他听到恺撒打响鼻的声音，知道爸爸已经回来了。

垦地里欢声一片。马儿在门前嘶叫，牛犊在牛栏里叫唤，母牛在一旁回应它。小鸡们扒着泥土咯咯地叫着，狗儿们也汪汪地叫着。它们知道肯定有吃的，都着急地等待着。冬末时，家里饲料紧缺，谷物、干草等都不多。可如今四月了，牧草青绿多汁，那些家畜终于可以吃到美味的青草了。狗儿们也找到了一窝兔子，好好地大吃了一顿。乔迪看到老朱莉躺在货车下，看上去筋疲力尽的。他推开了前门，去找爸爸。

贝尼·巴克斯特此刻正站在柴火堆旁，他还穿着结婚时穿的那件外套，每当去教堂或是外出做生意，他都会穿这件外套。多年的夏季潮湿和熨斗的反复熨烫，使得衣服袖子变短了。爸爸的大手正准备去抱木柴，这本是乔迪的活儿，于是乔迪赶紧跑了过去。

"我来吧，爸爸。"他希望现在主动一些可以弥补自己的失职。

贝尼直起了身子，说道："我还以为你跑丢了呢。"

第一章

"我去银谷了。"

"这天气确实适合出去游玩，"贝尼说，"去哪儿都不错。你怎么想到去那么远的地方呢？"

乔迪想不起来原因，就好像是一年前的事。他要从放下锄头那一刻开始回忆。

"啊，我想去找蜂巢的。"他想起来了。

"找到了吗？"

"完全忘记去找了。"

乔迪觉得自己就像追逐老鼠的猎狗一样愚蠢。他羞怯地看着爸爸，看到爸爸的蓝眼睛在闪烁。

"说实话吧，乔迪。"爸爸说，"去找蜂巢只是个闲逛的借口吧？"

乔迪咧嘴笑了，承认道："闲逛的想法在想找蜂巢前就有了。"

"我早就预料到了。嗯，在我开车去雷厄姆斯维尔的时候，就想着，'乔迪现在在锄地，但他不会做太久。我要是个男孩，这样的好天气会去做什么呢？毫无疑问，我会去闲逛。'"

乔迪感到心里一阵温暖。

"我就那么想的。但你妈妈，"贝尼扭头看了看屋子的方向，接着说，"她是不会赞成你闲逛的。大多数女人一辈子都不会明白，男人是多么爱闲逛。我绝对不会因为你闲逛而责怪你。你妈妈要问起你在哪儿，我就说你在附近呢。"

他向乔迪眨了下眼睛，乔迪也回眨了一下。

"为了家里的和平，咱俩要联手才是。现在你快去给你妈妈送捆柴火。"

乔迪抱着柴火，急忙走进屋子。他的妈妈正跪在灶台前忙碌。一阵饭菜的香味扑面而来，让他觉得更饿了。

"是甜薯酥饼吧，妈妈？"

"是呀。你俩也闲逛够了吧，晚饭已经准备好了。"

乔迪将柴火扔进木柴箱子，就跑去找爸爸了。爸爸跟着他一起进屋，他们在水盆里清洗了一番，用毛巾擦干了手和脸。妈妈摆好了碗碟，坐在桌前等着他们。她那胖胖的身体占了长条桌的一端，乔迪和爸爸分别坐在她的两边。

"你们都饿坏了吧？"妈妈问。

"我能吃下一桶肉和一斤烙饼。"乔迪说。

"这倒像你说的，看你那眼睛，瞪得比肚子都大。"

"我要不是懂得多些，我也会说，每次从雷厄姆斯维尔回来，我都饿得要命。"贝尼说。

"那是因为你喝多了酒。"她说。

"今天只喝了一点儿，吉姆请客。"

除了盘子，乔迪现在什么也看不见。他从没像今天这么饿过，而这顿晚餐又丰盛得足以款待牧师。桌上摆着咸肉丁菜包和沙蟹烧土豆洋葱，还有橙汁烙饼。他想吃烙饼，还想吃沙蟹，但他知道，要是那样吃，他的肚子就无法容下甜薯酥饼了。他得做出选择。

"妈妈，我可以先吃点儿酥饼吗？"他问。

妈妈正在给自己添菜，她停了下来，给乔迪切了一块酥饼。他立刻开始享用美味。

"我花了好长时间才做好的，"妈妈抱怨道，"还没等我喘口气，你就吃完了。"

"我是吃得很快，但我会记得它的味道。"

晚饭结束了，乔迪和爸爸吃得都很饱。

"谁要是能帮我点一根蜡烛，"妈妈说，"我就能快点儿洗完碗碟，有时间好好休息一下了。"

乔迪离开座位，点了一根蜡烛。在黄色的烛光下，他向东边的窗户望去。一轮满月正在升起。贝尼也来到窗边与他一起欣赏。

"儿子，你还记得我们说过四月满月时要做什么事吗？"

"我不记得了。"

乔迪对季节的变换并不在意，或许到了爸爸的年龄，他才能记牢一年中月亮圆缺的时间吧。

"我发誓，我告诉过你，儿子。熊会在四月满月的时候，从冬眠的洞中出来。"

"老缺趾！你说过它一出来，我们就放倒它。"

"就是这件事。"

"你还说，只要找到足迹纵横交错的地方，就可能找到熊的窝，四月时就能找到那头熊了。"

"它又肥又懒，经过冬季的休眠，它的肉一定很鲜美。"

"那我们在它还没完全清醒时，就把它抓住。"

"就是这样。"

"我们什么时候去呢，爸爸？"

"我们锄完地就去。"

"我们去哪里找它呢？"

"我们最好先去银谷的泉水附近，看它会不会到那里饮水。"

"今天我在那儿睡觉时，一只母鹿去那儿饮水了。"乔迪说，"我自己做了个小水车，爸爸，它转得很好。"

这时，妈妈洗刷碗碟的叮当声停止了。"你这个小滑头，"妈妈说，"我才知道你竟然偷偷溜出去。"

他笑着说道："妈妈，我骗了你。听我说，妈妈，我只骗了你这一次。"

"你骗了我，我还给你做甜薯酥饼……"她假装生气地说道。

"好啦，妈妈，"他劝道，"你就当我是只吃树根和杂草的小淘气吧。"

"你别气我了。"妈妈回答道。但乔迪看到她的嘴角已经弯了。

"妈妈笑了，妈妈不生气了。"

他冲到妈妈后面，解开了她围裙的带子，围裙滑落到地板上。她快速移动着肥胖的身体，转身打了他一耳光，但那只是轻轻的一下，是闹着玩的。乔迪又一次极度兴奋起来，就像下午在草丛中那样，不停地旋转着。

"你要是把盘子碰到地上，那我就真生气了。"妈妈说。

"我不能控制，我晕了。"乔迪说。

四月确实让乔迪发晕，他就像喝醉酒的人那样醉了。他深深地沉迷在由阳光、空气和灰蒙蒙的小雨酿成的美酒中。小水车让他沉醉，母鹿的到来让他沉醉，爸爸帮他隐瞒闲逛的事让他沉醉，妈妈为他做甜薯酥饼也让他沉醉。他想起老缺趾，那头缺少一个脚趾的黑熊，它大概也在享受新鲜的空气和皎洁的月光吧。他在极度兴奋中爬上了床，但躺在床上却久久不能入睡。这一天的狂欢，在他的心里烙下了深刻的印记。因而，在他的一生中，每到四月，往事就像旧的创伤一样会使他的心悸动起来，勾起他对往事的回忆。明亮的月光下，一只夜莺飞了过去，乔迪睡着了。

二 乔迪的爸妈

贝尼醒着，熟睡的妻子躺在他身边。满月的时候，他总是睡不着，心里想着，如此明亮的月光，人们怎么不想着去地里干活呢。他倒是很想溜下床，去砍倒一棵橡树，或者去锄乔迪没锄完的地。

"因为闲逛这件事，我应该打得他满地爬的。"他想。

小时候，贝尼会因为偷懒闲逛而挨打。他的爸爸会因此不让他吃晚饭，并要求他去溪边，将小水车毁掉。

"男孩的时光不会太长啊。"他又想。

回忆起过去，他觉得自己几乎没有童年。他的爸爸是个牧师，但家里的收入并不靠他的这份工作，而是靠自家的小农场。他教孩子们读书写字，但由于家里生活拮据，孩子们很小就去地里干活了。贝尼长大了，却比别的小男孩高不了多少。他的脚很小，肩膀很窄，再加上全是骨头的屁股，整个人显得特别瘦弱。当贝尼站在福里斯特一家人中间时，就像是一排高大的橡树中的一棵小槐树。

雷姆·福里斯特俯视着他说："你就像一便士那么小，小得不能再小了，贝尼·巴克斯特（译者注：便士的英文 penny，与贝尼的发音相似）。"

从此以后，这个绰号就成了他唯一的名字。当他投票时，他签下自己本来的名字"以斯拉·伊齐基尔·巴克斯特"，但他交税时，人家还是会给他写成"贝尼·巴克斯特"，他也没有提出异议。他就像金属铜，既有坚硬的一面，也有温和的一面。贝尼是个非常诚实的人，有一次，杂货店老板多找了他一美元，由于当时马瘸了，他只好徒步几千米，把钱还给了杂货店老板。

"你可以下次来买东西的时候再还的。"杂货店老板说。

"我知道，"贝尼说，"但这钱不是我的，我只想尽快把它还给它的主人。不论生还是死，我只要属于自己的东西。"

这句话也许能解释他为什么移居丛莽中。居住在大河两岸的人们认为他不是个勇士就是个疯子，因为他竟然带着新娘，脱离从前的生活方式，搬到佛罗里达的丛莽深处，那里是熊、狼、豹经常出没的地方。之前，福里斯特一家搬去那里是可以理解的，因为他们家族人口众多，强壮好斗的男人需要更多的空间和不被妨碍的自由。可是，谁会妨碍贝尼呢？

贝尼的决定，并不是因为受到了什么妨碍，只是因为在乡下、城镇、农场区域，邻里之间离得太近，人们的思想、行为会被干扰。虽然在遇到麻烦的时候，会得到及时的帮助，但人们之间也会有相互的怀疑和戒备。他在父亲严厉的教导下长大，如今面对缺少坦率、诚实，人心险恶的世界，不免有些烦恼。

或许他受过太多次的伤害，于是丛莽的宁静吸引了他。在这里，生活会有很多不便，买东西或销售谷物都要跑很远的路。但垦地是自己的，野生动物的掠夺性也比人逊色很多。熊、狼、野猫、豺对家畜的袭击是可以预料的，但人心险恶却是他难以预防的。

30岁的时候，贝尼娶了一个身体是他两倍大的丰满的女人，他用车载着她和生活必需品来到了丛莽中的这片垦地，自己在这里盖了一个木屋。这是一块位于沙松林中的土地，是他从离这六千米远的福里斯特家买来的。这里土壤肥沃，被松树环绕，环境很好，唯一的不足是水源短缺。福里斯特家的人本想把一块贫瘠的土地卖给他，但贝尼拿着现金，坚决要买这块地。

他对他们说："丛莽是狐狸、鹿等野生动物繁殖的地方，我不想在灌木丛中养大我的孩子。"

福里斯特一家大笑起来，雷姆更是大声地说："一个便士的小钱还能换成很多便士吗？你可是占便宜了，你这个狐狸的好爸爸。"

如今过去了这么多年，贝尼仿佛还能听到雷姆嘲笑的声音。他小心地翻了个身，生怕吵醒妻子。他确实为儿女们打算过。迁徙到丛莽中后，妻子奥拉·巴克斯特生了好几个孩子，孩子一个个地出生了，但都和贝尼小时候一样瘦小，不久就死去了。后来，中间隔了好多年，奥拉几乎要过了生育年龄，乔迪才出生，并且身体很强壮。奥拉对乔迪并没有特别宠爱，但贝尼深爱着他的这个孩子。他发现乔迪会睁大眼睛站在窗前，屏住呼吸，好奇地看着鸟儿、花朵、树木、风、雨、太阳、月亮，就像他小时候一样。所以，他很理解儿子为什么会在四月的好天气里出去闲逛。

"让他自由地去跳跃吧，"他想，"让他闲逛吧，让他去做小水车吧。总有一天，他会不在意这些的。"

三　老缺趾

乔迪不情愿地睁开了眼睛，有时他特别想溜进森林，从周五一直睡到下周一。日光从东边的窗户照进他的小屋，他不能确定唤醒他的是微弱的日光，还是树上鸡群的骚动。正值四月，太阳很早就升起来了，现在应该不会很晚。但是，自己起来总比妈妈叫要好。他翻了个身，有只公鸡在窗户下鸣叫起来。

"你尽情地叫吧，"他说，"看你能不能把我叫起来。"

东边明亮的光线变得浓密，并逐渐融合在一起，金色的光芒划过松树的顶端。正当乔迪观察的时候，太阳像一个悬挂在枝叶间的巨大铜盘，从东边升起了。微风穿过窗帘轻抚他的脸，带来了清新的气息。他又躺了一会儿，在舒适的床和即将到来的白天之间挣扎，最后终于跳下床，穿好了衣服。厨房传来的蛋糕香味，让他忘了睡觉这件事。

"嗨，妈妈，"他站在门边说，"我爱你，妈妈。"

"你是爱我手里拿的盛着蛋糕的盘子吧。"她说。

"你拿盘子的时候最漂亮了。"他笑着说。

乔迪吹着口哨走到洗脸的木架前，将洗脸盆浸到木桶中舀满水。之后，他将脸和双手浸入水中。他浸湿了头发，然后用手指将头发分开，抚平，并从墙上拿下镜子，仔细地照了一番。

"我很难看，妈妈。"他叫道。

"巴克斯特家的人就没有好看的。"

他在镜子前皱了下鼻子，这动作使他的雀斑都挤在了一起。

"我希望自己长得像福里斯特家的人那样黑。"

"你应该庆幸你不像。他们的心也和他们的肤色一样黑。你是巴克斯特家的一员，巴克斯特家的所有人都很公正。"

"你说得好像我一点儿也不像你。"

"我的娘家人也很公正，只是不像巴克斯特家的人那么瘦弱。你要是学会干活，那就彻底像你爸爸了。"

镜子里是一张高颧骨的小脸，脸上长着雀斑，脸色有点儿发白，但很健康。他的头发是干草色的，粗糙浓密，无论父亲怎么帮他修剪，

脑后还是一撮一撮的，这令他很烦恼。他的眼睛又大又亮，但当他皱着眉，认真地看书，或者好奇地看着什么的时候，眼睛就会眯成一条缝。这时，妈妈才会承认他是她的亲儿子。

"这才有点儿像阿尔福斯家的人了。"她说。

乔迪转过镜子来察看耳朵，但并不是想看它是否干净，只是想起有一天，雷姆用一只手拖着他下巴，另一只抓着他的耳朵，说："孩子，你的耳朵活像负鼠的耳朵。"

乔迪扮了个斜眼的鬼脸，然后把镜子挂回墙上去。

"我们要等爸爸吃早饭吗？"他问。

"要等。早餐都放在你面前，等你爸爸回来可能就不够吃了。"

他站在门口犹豫着。

"别溜走，他只是去一趟玉米仓。"妈妈叮嘱道。

南边传来老朱莉兴奋的叫声，似乎还有爸爸命令它的声音。乔迪兴奋地冲了出去，直奔声音传来的方向。

"儿子，慢点儿。我等着你呢。"贝尼在远处喊道。

他停下来，看到老朱莉正有些兴奋地发抖，爸爸则俯视着母猪贝特西被撕咬后的尸体。

"它一定听到了我说的要挑战它的话。"贝尼说，"仔细看，儿子。"

母猪的尸体使乔迪感到一阵恶心。贝尼看向远方，老朱莉灵敏的鼻子也转到同一方向。乔迪往前走了几步，检查了一下沙土，那上面明显的足迹使他热血沸腾。那是一头熊的足迹，它的右前掌差不多和小丑的帽子一样大，并且缺了一个脚趾。

"老缺趾。"

贝尼点点头，说："我很骄傲你还记得它的足迹。"

他俩一起弯下腰，仔细观察地上的足迹。

"这就是我之前说的，"贝尼说，"到敌人的营地里打仗。"

"没有狗出来追赶它，爸爸。我睡着了，没听见。"

"它利用风向像影子般溜进来，干了坏事，又在天亮前溜走了。"

乔迪后背一阵发凉。他能想象到，那个巨大的、黑色的影子像座棚屋一样在树林里移动，然后将它锋利的爪子刺向母猪，贝特西都没来得及叫一声就死了。

"它已经吃饱了，"贝尼指出，"但它只咬了一口。冬眠刚结束，熊的胃是紧缩的。这就是我恨它的原因。很多动物是为了喂饱自己而去猎杀，可有的却是为了杀戮而杀戮，就像有些人一样。你看看熊的长相，就知道它是没有怜悯之心的。"

"你准备把贝特西带回去吗？"

"肉都被撕烂了，但我想内脏和猪油还在。"

乔迪知道自己应该为贝特西感到难过，但此刻他心里只有兴奋。他想立刻去猎杀老缺趾，同时他也有些害怕。

乔迪和爸爸每人拉着母猪的一条腿，把它拖回了家。

"我不知道怎么把这消息告诉你妈妈。"贝尼说。

"她知道了会暴跳如雷的。"乔迪同意道。

妈妈正站在门口等着他们。

"你们去这么久收获了什么？"妈妈说道，"噢，我的天哪，我的天哪，我的母猪……"

她向天伸出双臂。贝尼和乔迪穿过大门，来到屋后，身后传来了妈妈哭叫的声音。

"我们把肉挂起来，儿子，这样狗就够不到了。"

"你们得告诉我，"妈妈说，"至少告诉我，它是怎么死的。"

"是老缺趾干的，妈妈。它的足迹很明显。"

"那些狗就那么睡着？"

这时，三条狗嗅到新鲜肉的味道，都到这儿来了。

"你们这些没用的畜生，竟然让这样的事发生。"

"没有狗比那头熊还机灵。"贝尼说。

"它们至少要叫吧。"

三个人向屋里走去。贝尼和乔迪清洗过后，一家人开始吃早餐。

"不管怎么说，现在有肉吃了。"贝尼说。

"现在有，可冬天就没有了啊。"妈妈又开始哭叫，"我要剥了它的皮。"

"嗯，如果看见它我会告诉它的。"贝尼说。

乔迪不禁笑了，说："妈妈，我在想，你和老缺趾扭打在一起会是什么样。"

"你们还拿我寻开心。除了我，没人认真过日子。"她又哭了起来。

四　猎杀老缺趾失败

贝尼把盘子放在一边，起身离开。

"来吧，儿子，让我们看看今天干什么活儿。"

乔迪的心沉了一下，又是锄地。

"今天正是猎杀那头熊的好机会。去给我拿子弹袋和装有火药的牛角筒。"

听见爸爸这么说，乔迪高兴坏了，赶紧去拿东西。

"你看他，"妈妈说，"锄地的时候，他慢得像只蜗牛；说到打猎，他快得像只水獭。"

乔迪将背包和牛角筒甩到肩上，和爸爸一起来到院子里。看到那杆旧的前膛枪，老朱莉兴奋地叫了起来，瑞波也跑了过来，新来的皮克笨拙地摇着尾巴，对现在的情况一无所知。贝尼依次拍了拍它们的头。

"等这一天结束，你们或许就不这么高兴了。"他对它们说，接着又对乔迪叮嘱道，"乔迪，你最好去穿上鞋。"

乔迪觉得，如果再拖下去，自己就要爆炸了。他飞快地跑进房间，从床底下找出那双牛皮靴，将两脚插了进去，然后就去追赶贝尼，好像如果不快点儿，事情就要结束了。老朱莉走在前面，嗅着熊的足迹。

"足迹的气味还不太淡，爸爸，它应该没走太远，我们来得及抓住它吗？"

"它已经跑远了，但是我们就是要让它好好睡觉，放松警惕。如果它知道有人在追它，它会一溜烟就跑没影儿的。"

足迹通向南边，穿过了橡树林。昨天刚下过雨，巨大的掌印清晰地呈现在沙地上。他们走到了橡树林的尽头，这里地势很低，周围长着松树。

"爸爸，你觉得它有多大？"

"它很大，可是它刚经过冬眠，胃处于紧缩状态，现在还不是它最重的时候。可你看那深陷的脚印，已经说明它足够大了。"

"爸爸，如果真遇上它，你会害怕吗？"

"当事情变糟时也会，但我更为狗儿们感到担心，它们总是吃亏。"

他们静静地走着。老朱莉走在最前面，瑞波跟在它后面。皮克一会儿窜到这儿，一会儿窜到那儿，追逐着一只兔子。乔迪吹着口哨召唤它。

"随它去吧，儿子，它发现自己落单了就会回来的。"

这时，老朱莉回头叫了一声。

"聪明的老家伙换方向了，"贝尼说，"它好像往沼泽地那边去了。我们也许可以包抄过去，出其不意地袭击它。"

乔迪对爸爸打猎的一些秘诀有些了解，知道他是个打猎好手。

"爸爸，你怎么猜到它要怎么做呢？"

"你要知道，熊比人强壮，跑得也快。但人却比熊有心计，所以我们要用心计战胜它。"

松林变得稀疏了，眼前突然出现了一片硬木林。再往前走，硬木林也消失了。西面和南面是宽阔的土地，乍一看像是普通的草地，但那是锯齿草，它们生长在水中，齐膝高，叶子很浓密。老朱莉跳了进去，溅起的水花表明这是个池塘。贝尼紧张地看着猎狗。乔迪觉得这里比树林更加激动人心，因为熊随时都可能出现。

"我们要绕过去吗？"乔迪小声问。

"风向不对，我想它不会越过池塘的。"贝尼压低声音回答着。

乔迪小心地跟在爸爸身后，一只苍鹭突然飞过他们的头顶，他被吓了一跳。冰凉的水包围着他的两条腿，污泥吸附着他的鞋子。

"它刚吃过地肤叶。"贝尼说道。

他指着几片扁平的叶子，叶子边缘有被咬过的痕迹，有的连叶柄也被咬掉了。

"这是它春天从洞里出来后会做的第一件事。"贝尼解释说，"它昨天一定是在这儿过的夜，这也是他猎杀贝特西的原因。"

老朱莉停了下来，现在熊的气味弥漫在整个草丛里。它用长鼻子仔细嗅着，之后看向远方，满意地朝南跑去。

"老朱莉说它回家了。"贝尼说。

贝尼走向更高的地方，边走边说："我曾多次看到熊在月光下吃地肤叶，它会像人一样从茎上撕下叶片，塞进自己难看的嘴里。夜莺在它的头顶低鸣，牛蛙像狗一样叫着，地肤叶上的水珠闪闪发光。"

"我也想看熊吃地肤叶，爸爸。"

"你到我这个年龄时就会看到的，还会看到很多新奇的事物。"

"它们吃东西的时候，你会朝它们开枪吗？"

"儿子，我一般不会那么做。那时候开枪打死它们，我心里会很难受的。但有时家里没肉了，我也不得不那么做。你长大了可不要像福里斯特家的人那样，为了乐趣而打猎，那和熊一样无耻。你听见了吗？"

"嗯，爸爸。"

老朱莉又叫了一声。熊的足迹转向东边了。

"我担心，"贝尼说，"那些月桂树……"

浓密的月桂树丛看似是无法穿越的，这种环境的转变可以使它很好地隐蔽自己。月桂树紧密地挨在一起，在稀疏的地方，有一条痕迹清晰的小路。

"我最好装上弹药。"贝尼说着，召唤老朱莉停下来等他。装好后，他又说，"好了，老朱莉，去追它吧。"

老朱莉快速地跑着，贝尼和乔迪不得不弯腰跟着它跑，贝尼右手拿着前膛枪，枪管向上微微倾斜。树丛渐渐变得稀疏了，地势也降低变成了沼泽，阳光大片地透进来。这里有巨大的羊齿植物，长得比他们都高，有一丛在熊经过时被压倒了。一条嫩的卷须弹了起来，表明老缺趾几分钟前刚经过了这里，它的足迹一直在沼泽地里延伸着。老朱莉突然叫了一声，贝尼开始跑起来。

"小溪！"贝尼喊道，"它想从小溪逃走。"

沼泽地里一阵喧嚣，一头黑色的熊出现了，它愤怒地摧毁了一切障碍物。猎狗不停地叫着，要不是猎狗把老缺趾截住，它早逃到小溪那边去了。乔迪感觉自己的心跳加快，一阵耳鸣。贝尼在他前面，两条短腿像船桨般快速搅动着。

乔迪看见那头巨大的黑熊冲了过来。贝尼立刻停下，举起了枪。这时，老朱莉如一颗子弹般，猛扑到黑熊头上。它扑上去，又退回来，过会儿又扑上去。瑞波也扑了上去。贝尼怕打伤了自己的狗，没有开枪。

第一章

老缺趾突然摆出一副满不在乎的样子，站在那儿，慢慢地前后试探，犹豫不决。猎狗也向后退了些。这是个射击的好机会，贝尼把枪抵到肩上，对准它的左脸，扣动了扳机。枪瞎了火。贝尼紧张得满头大汗，他再次扣动扳机，结果还是一样。而此时黑熊正以难以想象的速度怒吼着向猎狗们扑去，那白色的尖牙和弯曲的利爪如闪电般朝它们袭来。它咆哮着，旋转着，四处乱咬。猎狗的速度也很快，老朱莉从后方突袭它，当老缺趾转身抓老朱莉时，瑞波就咬向它的喉咙。老朱莉拽着它的右肋，它转身咬住了左边的瑞波，一下就把瑞波甩到树丛中去了。贝尼再次扣动扳机。只听一声响，贝尼倒在了地上——枪从后面走火了。

瑞波又跑回来企图咬住老缺趾的喉咙，老朱莉也从后面攻击老缺趾，老缺趾再次不动了。乔迪跑去爸爸那儿，贝尼已经站起来了，右脸乌黑一片。就在这时，老缺趾挣脱了瑞波，奔向老朱莉，用利爪抓住老朱莉的前胸。老朱莉痛苦地叫着。瑞波从后面扑过去，咬住那头熊不放。

"它要咬死老朱莉了。"乔迪叫着。

贝尼急忙跑进了"战斗区"，用枪管使劲戳老缺趾的肋骨。老朱莉忍着疼痛，咬住了它的喉咙。老缺趾咆哮了一声，突然转身跳进水中。两条狗咬住它不放，老缺趾发了疯似的拖着两只狗游到了对岸。上岸后，老缺趾向丛林爬去，老朱莉和瑞波都瘫在了地上。

“老朱莉，瑞波，到这儿来，到这儿来。”贝尼喊着。

瑞波摇着尾巴，一动不动地坐在那儿。老朱莉抬起头，又低了下去。

贝尼说：“我得过去把它们带回来。”

他脱下鞋，在岸边下了水，奋力游着。上岸后，他用一只胳膊夹着老朱莉，瑞波跟在后面，然后顺利地回到对岸。

“它伤得很重。”他说。

他脱下衬衫，把狗捆在里面，之后把两只袖子系在一起当吊绳，吊在他肩上。

他们开始穿过沼泽地，往家的方向走去。

“不抓到那头熊，我是不会甘心的。我只需要时间和一杆新枪。”贝尼说道。

爸爸肩上的包裹在往外滴血，乔迪不忍心再看了。

“爸爸，我走前面吧，为你开路。”

“好，你去吧。来，接住背包，拿些吃的。吃点儿东西，你会觉得好些。”

乔迪努力开路，但地面到处都是倒着的比他的身体还粗的树，还有比他爸爸的肌肉还硬的藤蔓也纠缠着他，他只能绕过它们，或者从下面爬过去。沼泽地又闷又潮湿，瑞波喘息着。乔迪从背包中拿出甜薯酥饼，爸爸不想吃，他就和瑞波对半分了。

他们最终走出了沼泽地，来到了一片开阔的林地。他们总算松了一口气，前面的路没那么难走了。他们傍晚才回到家里，妈妈正坐在椅子上摇晃着。

"死了一条狗都没抓到那头熊？"她大叫着。

"还没死，赶紧去拿水、粗布、针线。"

贝尼把老朱莉放在阳台的地板上，它哀叫着。

贝尼用粗布在阳台给它搭了个窝，妈妈拿来了手术用具。贝尼解下滴血的衬衫，为老朱莉擦洗了伤口。老朱莉没有反抗，它已经不是第一次尝利爪的滋味了。贝尼缝合了两处最深的伤口，并在所有伤口上涂上松脂粉。在整个过程中，老朱莉只叫了一次。它的一根肋骨断了，对此贝尼也无能为力。他说，要是能活下来，它自己会长好的。老朱莉失血过多，呼吸急促。贝尼把狗和狗窝搬到乔迪屋里，打算今晚和儿子一起睡并照顾老朱莉。

晚餐的时候，贝尼没什么胃口，几次起身给老朱莉喂食，但老朱莉什么都不吃。

"我累坏了，我得上床睡觉了。"贝尼说。

"我也是，爸爸。"

贝尼和乔迪回到房间里，父子俩脱掉衣服，躺在了床上。月亮升起来了，房间里洒满了银色的月光。

"儿子，你还醒着吗？"贝尼问。

"我好像还在走。"

"嗯，你喜欢猎熊吗？"

"嗯……"他摸着膝盖说，"我喜欢想这件事。"

"我知道。"

"我喜欢追逐的感觉，喜欢倒下的小树，还有沼泽里的羊齿植物。"

"我知道。"

"我喜欢老朱莉叫着冲过去。"

"你不怕吗，儿子？"

"很怕。"

父子俩沉默了。

过了一会儿，贝尼说："要是野兽不来迫害我们就好了。"

"我希望把它们全杀死。"乔迪说，"它们偷我们的东西，还伤害我们的家畜。"

"对于野兽来说，那不叫偷，它只是寻找喜欢的方式去生存，就像我们一样。捕食是它们的天性，野兽可不知道这土地是我花钱买的。熊怎么知道我需要猪做食物？它们只知道自己很饿。"贝尼接着说，"野兽做的事和我们打猎吃肉是一样的。"

垦地这里还是安全的。野兽来过，又走了。乔迪不知怎么的，突然浑身一阵发抖。

第一章

"你冷吗，儿子？"

"我想是的。"

"靠过来点儿，我来温暖你。"

乔迪渐渐地在爸爸的怀中睡去。过了好长时间，贝尼轻轻地起身，蹲在月光下，照料着老朱莉。

五　去福里斯特家

贝尼在吃早餐时说："是时候换一杆新枪了。"

老朱莉好多了，它的伤口很干净，并没有发炎，但是它失血过多，疲惫不堪，只想睡觉。

"你怎么买新枪？我们连税钱都没有。"妈妈问。

"我是说交换。"

"你拿什么交换？"

"那条狗。它是条不错的猎狗呢。"

"它只会吃。"

"你知道的，福里斯特一家对狗一无所知。"

"我告诉你，和他们交易的下场就是他们会让你只剩下一条内裤。"

"但那就是我和乔迪今天要去的地方。"贝尼坚定地说，不容她再质疑。

她叹口气，说："好，就留下我一个人，没人帮忙劈柴，没人帮忙提水。去，带他去吧。"

"我不会让你没有柴和水用的。"

乔迪焦急地听着，连饭都忘了吃。与吃饭相比，他更想去福里斯特家。

"他也该和人打交道了，学学人情世故。"贝尼说。

"他只会从他们那儿学会怎么昧着良心做事。"

"他也许会学到相反的呢。总之，我们得走了。"他起身，又说，"我去挑水，乔迪，你去劈些木柴。"

"你们要带午饭吗？"妈妈在他后面喊道。

"我可不想这样侮辱邻居，我们和他们一起吃午饭。"

乔迪快速向柴堆走去。他劈了一大堆柴，并把它们抱进厨房，放进木柴箱里。爸爸挑水还没回来，于是他去了马厩，给马装上了马鞍。一会儿，爸爸挑着水回来了，乔迪跑去帮忙。

"我给恺撒装好马鞍了。"他说。

"我猜，木柴也已经劈好了。"贝尼笑着说，"我去换一身像样儿的衣服，拴住瑞波，带上枪，我们就走。"

马鞍是从福里斯特家买的，它很宽，贝尼和乔迪一起坐上去也

第一章

不会觉得太挤。

"坐在前面，儿子。等你长得比我高了，就要坐在后面了，不然我就看不到路了。嗨，皮克，跟着走。"

恺撒精力充沛，平稳地小跑起来。马背很宽阔，爸爸又在后面搂着他，乔迪觉得很舒服，就像坐在摇椅上。春天的早上，树林里的一切都显得那么悠闲。红雀正在求偶，雄雀到处都是，整个树林都能听到它们婉转的叫声。

"这声音比小提琴的声音还好听啊。"贝尼说。

三千米的路途安静又闷热，只有蒿雀不时地从树丛里飞起，还有一只狐狸拖着尾巴经过。接着，道路变宽了，已经可以看见"福里斯特岛"标志性的高大树木。贝尼跳下马，抱起那条叫皮克的狗又上了马。

"你为什么抱着它啊？"乔迪问。

"没你的事儿。"

他们经过了一片硬木林，又走了一段曲折的路。在一棵高大的橡树下，就是福里斯特家灰色的小屋，树下还有一个池塘。

"这次你可不要折磨'草翅膀'。"

"我不会的，他是我的朋友。"乔迪说。

"那就好。他虽然生来就畸形，但那不是他的错。"

"除了奥利弗，他是我最好的朋友了。"

森林的寂静突然被打破了，小木屋里传来一阵骚动。椅子被扔在地上，一个很大的东西摔破了，玻璃也碎了。福里斯特家的男人们用力踩踏着地板，大声吼着。突然，门敞开了，一群狗叫着跑了出来，福里斯特太太用扫帚追打着它们，她的儿子们跟在她后面。

　　贝尼大喊："在这里下马不安全吧？"

　　福里斯特一家大声地向巴克斯特父子问好，但欢迎的声音中还夹杂着对狗的谩骂声，这使乔迪感到很不舒服。

　　"贝尼，乔迪，快下来，进屋吧。"福里斯特太太叫道。

　　乔迪跳到地上，福里斯特太太拍了拍他的背。她身上有股煤烟和炭火味儿。贝尼温柔地抱着小狗，福里斯特家的人都围着他。离木屋不远的地方，草翅膀向乔迪这里跑来，他弯曲的身体扭动着，还举起拐杖，向乔迪挥舞着。乔迪迎着他跑过去，草翅膀很高兴地喊着："乔迪。"

　　他们站住了，尴尬又喜悦。

　　一种喜悦感涌上心头，这是乔迪与别人在一起时所感觉不到的。他现在看到好朋友的身体不会觉得那么不自然了。但是，他相信大人们的论断——草翅膀的智商很低。

　　草翅膀是福里斯特家最小的儿子。有一次，他想，如果在自己身上添加些轻的东西，他就可以像鸟一样轻松地从房顶上飞下来。于是，他在肩膀上捆了很多干草，然后从房顶上跳了下来。他奇迹

第一章

033

般地活了下来，只是他生来就驼背的身体变得更加扭曲了。这当然是很疯狂的行为，但乔迪认为那也许是可行的。他自己也常想风筝，很大的风筝。乔迪很理解自己的好朋友渴望飞行，渴望自由，渴望离开大地的心情。

他说："嗨！"

草翅膀说："我得到了一只小浣熊。我们一起去看看。"

草翅膀带着乔迪来到木屋后面，那里有很多箱子和笼子，里面装着他的宠物。

"我的老鹰死了，"草翅膀说，"它不适合在这里生存。"

乔迪看到，有一对野兔子不是新来的。

"它们在这儿很长时间了，却不生小兔子。我准备放它们走。"

一只松鼠不停地踩着踏板。

"我想把它送给你。"草翅膀说，"我能再弄一只。"

这燃起了乔迪的希望，但那希望之火马上就熄灭了。

"妈妈什么也不让我养。"乔迪伤心地说。

"看，那就是浣熊。"

一个黑色的鼻子从夹板缝中探出来,它的小黑爪子也伸了出来。草翅膀拿走一块夹板，把浣熊抱了出来。

"你可以抱它，它不会咬你的。"

乔迪将浣熊抱过来。他从没有见过或摸过这么有趣的小东西，这令他十分开心。它灰色的毛柔软得就像妈妈的法兰绒睡衣；它的脸尖尖的，眼睛四周长着黑色的东西，尾巴也很漂亮。浣熊吮吸着他的肉，疼得他叫了起来。

"它想要糖乳头。"草翅膀解释道，"趁狗不在，我们赶紧把它带进屋里。它很怕狗，但它会慢慢习惯的。"

"我们来的时候，你们为什么打架？"乔迪问。

"我可没参与，"他轻蔑地说道，"是他们。"

"为了什么事啊？"

"有条狗在地板中间撒尿，他们找不出是哪条，就打起来了。"

第一章

第二章

一　可爱的小浣熊

小浣熊贪婪地吮吸着糖乳头。它蜷缩着身体，躺在乔迪的臂弯里，前爪抓着装有糖的布疙瘩，然后幸福地闭上了眼睛。它的肚子已经鼓起来了，过了一会儿，它推开糖乳头，挣扎着想从乔迪怀里挣脱。乔迪把它举到肩上，小浣熊分开他的头发，又用小爪子摸他的脖子和耳朵。

“它的爪子从不老实待着。”草翅膀说。

福里斯特先生这时说话了。乔迪并未注意到他，他之前一直安静地坐着。

“我小时候也有只浣熊，”他说，“它头两年很温顺。然后，有一天他咬掉了我腿上的一块肉。现在这只长大了也会咬人的，那是浣熊的本性。”

这时，福里斯特太太走进木屋，来到放锅碗瓢盆的地方。她的儿子们跟在她后面：巴克、米尔、甘比、派克、艾克和雷姆。乔迪感到疑惑，如此瘦弱的夫妻怎么生了这么多高大的孩子。除了雷姆和甘比，他们长得都很像。甘比是最矮的，而且不太活泼。只有雷姆的脸刮得很干净，他和其他几个兄弟一样高，但更瘦些，长得不那么黑，而且话最少。当巴克和米尔喝多了吵架时，他就坐在一旁，静静沉思。

贝尼进来了，福里斯特先生继续讲着浣熊的本性。只有乔迪在听他讲，但老人还是沉醉于自己的话当中。

"当浣熊长到和狗一样大时，它就会打倒院子里所有的狗。浣熊活着就是为了打败狗。它会和一群狗打架，能一条接一条地把它们全打败。"

乔迪一边听福里斯特先生讲，一边又对福里斯特兄弟的谈话产生了兴趣。他惊奇地看见爸爸还小心地抱着那条小狗。

贝尼说道："你好，福里斯特先生，很荣幸见到你，你近来身体可好？"

第二章

"你好，先生。我还不错。说实话，我应该早点儿进天堂，但一直去不了，可能在这习惯了吧。"

福里斯特太太说："坐吧，巴克斯特先生。"

贝尼拉过一个摇椅，坐了下来。

雷姆在旁边喊道："你的狗瘸了？"

"没有啊！我只是怕它被你的猎狗咬伤。"

"它很珍贵吗？"雷姆问。

"不是的，它连一卷好烟叶都不值。你们别打它的主意，它不值得。"

"它这么不好，你还如此照顾它。"

"我就这样。"

"你让它猎过熊吗？"

"猎过。"

雷姆靠近他，喘着粗气。

"它的追踪能力强吗，能把熊逼到绝境吗？"

"它糟糕透了，是我所有的狗当中最糟糕的一条。"

雷姆说："我从没见过哪个主人这么贬低自己的狗。"

贝尼说："我承认它长得不错，很多人都想要它。但我从没想过和你们交易，因为到时候你们会觉得受到了玩弄和欺骗。"

"你会在回去的时候猎捕点儿东西吗？"

"当然啦！"

"那你为什么带一条没用的狗啊？"

福里斯特家的儿子们一言不发，都盯着那条小狗看。

"这条狗不好，我的前膛枪也不好。"贝尼说，"我陷入困境了。"

这时，乔迪将眼光转向木屋的墙上，那里挂着福里斯特家的武器。乔迪想，那么多的枪，都可以开枪械店了。福里斯特一家通过交换马匹、卖鹿肉和酿酒赚了不少钱。他们买枪就像常人买面粉和咖啡一样。

"我从未听说你打猎失败过。"雷姆说。

"我昨天就失败了。我的枪不好使，竟然从后面走火了。"

"你当时准备猎什么？"

"老缺趾。"

屋里沸腾了。

"它在哪儿猎食？它去哪儿了？"

福里斯特先生用手杖敲着地板，厉声说："你们闭嘴，让贝尼说。"

福里斯特太太揭开锅盖，拿出一个玉米面包，说："让巴克斯特先生吃过饭再讲。你们的礼貌呢？"

"你们的礼貌到哪儿去了？"福里斯特先生也责备着儿子，"不拿点儿喝的让客人先润润喉吗？"

米尔走进卧室，又拿着一瓶酒回来了。他拔出塞子，将酒递给贝尼。

"你要原谅我，我不能喝太多。"

米尔将酒瓶依次递给每一个人。

"乔迪？"

贝尼说："他还不到喝酒的年龄呢。"

福里斯特先生说："没事的，我可是用酒断奶的。"

福里斯特太太说："给我倒点儿啊。"

她将食物盛到盘子里。长桌子上热气腾腾，桌上有咸猪肉煮扁豆、熏鹿肉、一大盘煎松鼠、玉米粥、饼干、玉米面包、糖浆和咖啡。

"我要是知道你们来，肯定会准备更多好吃的。"

乔迪看向贝尼，他想知道爸爸是否为这丰盛的菜肴感到兴奋。但贝尼并没什么表情。

"这已经是盛情款待了。"贝尼说。

福里斯特太太不安地说："我想你们应该对这些食物怀着感恩的心。他爸，我们做一下祷告吧。"

福里斯特先生不高兴地环视四周，然后合拢了双手。

"上帝啊，请赦免我们这些有罪的人，感谢你赐给我们丰盛的食物，阿门。"

福里斯特一家清清嗓子，开始吃饭了。乔迪坐在爸爸对面，夹在福里斯特太太和草翅膀中间。他的盘子里堆了很多的食物，因为巴克和米尔给草翅膀夹菜，草翅膀又传给他。大家专心地吃着饭，没人讲话。只一会儿工夫，食物就都被吃完了。此时，雷姆和甘比发生了争执。福里斯特先生用拳头砸着桌子，他们随即安静下来。福里斯特先生倾着身子靠近贝尼，对他耳语道："我知道我的孩子们很粗鲁。他们喝酒，打架，女人们见到他们就跑。但他们也有优点——他们从没在饭桌上骂过爸爸和妈妈。"

二　小狗换猎枪

福里斯特先生开口道："来吧，邻居，给我们说说那头熊的事吧。"

福里斯特太太说："是啊。你们几个听故事前，赶紧把碗碟洗了。"

她的儿子们听话地站起来，手里拿着自己的盘子和一些碟子。乔迪盯着他们看，感觉他们马上就要在头上扎起缎带变成女人了。福里斯特太太回到摇椅那里，顺道捏了捏乔迪的耳朵。

"我没有女儿。"她说，"这些家伙想让我做饭，那他们就要在餐后洗盘子。"

乔迪看着爸爸，希望他不要将这件事情告诉妈妈。福里斯特兄弟很快洗好了盘子。草翅膀跟在他们后面，为动物们收集着剩菜。

他很高兴，因为这些食物连它们晚餐的份儿都有了。福里斯特兄弟飞快地完成了任务，将铁锅和水壶挂在钉子上，然后拉过椅子围坐在贝尼周围。

"好吧！"贝尼开始讲了，"它吓了我们一跳。"

乔迪忍不住打了个寒战。

"它像影子般溜了进来，杀了我的母猪。它把猪都撕碎了，却只吃了一口。它并不饿，只是卑鄙。"

贝尼停了一下，点燃了自己的烟斗。

"它像一团黑色的云，悄无声息地来了，一点儿声响都没有，连狗也没有听到或嗅到它，就连这一条也被骗过了。"他看了一眼脚下的小狗。

福里斯特兄弟交换着眼色。

"我们早饭后就出发了，乔迪和我，还有三条狗。我们追寻着它的痕迹，先是穿过南边的灌木丛，然后沿着长满锯齿草的池塘边走，直到刺柏溪。然后，我们又循着气味来到一片沼泽地，那气味越来越浓了。我们追上它了……"

福里斯特兄弟紧紧抓住膝盖。

"我们追上它了，就在刺柏溪的尽头，那里是水流最快的地方。"

乔迪觉得这故事讲得比打猎本身都精彩。他似乎又经历了一遍，影子、羊齿植物、奔流的小溪。他几乎要爆炸了，不仅为这激动人心的故事，也为让他骄傲的爸爸。贝尼虽不是画家，却能描画出最精彩的画面。他就这么坐着，编织着神秘与魔幻，让围坐在他身旁的人激动地屏住呼吸。

当贝尼讲到枪从后面走火，老缺趾抓紧老朱莉的胸部时，甘比竟然紧张得将烟草吞了下去，他冲向火炉旁，吐着痰，噎得都说不出话来了。福里斯特一家握紧拳头，张着嘴巴听着。

"多希望当时我也在场啊。"巴克吸了一口气说。

"之后老缺趾去哪儿了？"甘比问道。

"不知道。"贝尼告诉他们。

屋里一片沉默。

最后，雷姆打破了沉默："你一点儿都没提这条狗的表现。"

"别给我压力了，"贝尼说，"我说过了它很没用。"

"我注意到它身上一点儿伤都没有，不是吗？"

"是的，的确没有。"

"这么聪明的狗，猎熊当然不会受伤。"

贝尼大口地吸着烟，雷姆站起来，走到他身边。

"我想办两件事，"雷姆声音嘶哑地说道，"第一是我也想猎杀老缺趾，还有就是我想带这条狗去。"

"噢，那不行。"贝尼说，"我不拿它做交易。"

"别来这套，说你想换什么吧。"

第三章

"我拿瑞波和你交易吧。"

"你真狡猾，这条狗比瑞波好。"

雷姆走到墙边，从钉子上拿下一杆枪，那是一杆伦敦产的好枪。雷姆把它扛在肩上，递给贝尼。

"这是从伦敦来的新货。你把子弹从后面放进去，然后扣动扳机，砰砰两发，非常精准。"

"噢，我的天，不行。"贝尼说，"这杆枪太贵了。"

"这枪我有很多，别和我争论。我想要狗的时候，就必须得到狗。你可以拿狗换我的枪，不然我自己去把它偷来。"

"要是这样的话，那好吧。"贝尼说，"不过，你要当着大家的面承诺，你带它去打猎之后可别再一枪打死我。"

"好，成交。"

贝尼坐在椅子上，漫不经心地放稳腿上的枪。乔迪的眼睛从未离开那杆完美的枪。他听说过交易的复杂，但从没想过用事实也可以骗人。

直到下午大家还在聊天。草翅膀厌烦了，想去小水塘钓鱼，但乔迪还想继续听他们讲故事。福里斯特夫妇打起盹儿来，后来就坐在摇椅上睡着了。

贝尼站了起来，说："我想我该走了。"

"留下过夜吧，我们要去抓狐狸。"

"谢谢，但我不想家里没有男人。"

草翅膀拉着他的胳膊，说："让乔迪留下吧，我还没给他看完我的东西呢。"

巴克说："让他留下吧，贝尼。我明天要去卢西亚，可以顺道把他送回去。"

"他妈妈会生气的。"贝尼说。

"妈妈们就是擅长那个，是吧，乔迪？"

"爸爸，我想留下来，我好久没玩了。"

"那好吧。"

贝尼肩上扛着一杆新枪和一杆已经被巴克修好的旧枪，去找他的马。乔迪跟在后面。

"要不是雷姆，我会愧疚于把这杆新枪带回家的。他给我起外号时，我就该揍他一顿。"

"你和他说的都是实话。"

"话是真的，但目的不纯啊。"

"他要是发现你骗了他，他会怎么做？"

"他会把我撕碎的。好了，儿子，明天见。在这儿表现好点儿。"

福里斯特兄弟都来送贝尼。乔迪挥着手，突然感到有些孤独，他差点儿叫住贝尼，和他一起回去。

草翅膀叫道："浣熊在水里捉鱼呢，乔迪，快来看。"

他跑去看浣熊，发现它正在池塘里拍打着水。整个下午，乔迪和草翅膀都在跟浣熊一起玩耍。他帮着草翅膀清理关松鼠的木箱，还为一只红雀做了个笼子。

乔迪也想拥有属于自己的宠物。草翅膀可以把松鼠送给他，甚至连浣熊也可以给他，但以前的经历告诉他，再小的宠物只要需要喂食都会激怒妈妈。

他们要返回木屋了。浣熊叫着爬上草翅膀弯曲的腿和背，抱住他的脖子，晃着脑袋用那洁白的牙齿咬着他的皮肤。草翅膀让乔迪把它带进屋。浣熊看了下乔迪，觉得有些陌生。福里斯特家的儿子们开始去田里干活了，巴克和艾克赶着母牛和小牛去池塘边喝水，米尔在喂马，派克和雷姆走进了木屋北边浓密的树林，那儿有个酒作坊。这里富饶、舒适，但也存在暴力。

福里斯特家有好多人一起干活。巴克斯特家的垦地和这块垦地差不多大，却只有贝尼一个人干活。乔迪想起没锄完的玉米地，觉得很内疚，但他知道贝尼会帮他完成的。

福里斯特夫妇还在椅子上睡觉。太阳开始变红了。高大的树木挡住了光，木屋笼罩在昏暗下。兄弟几个一个接一个地进了屋。草翅膀生起火，热剩下的咖啡。乔迪看见福里斯特太太小心地睁开眼睛，接着又闭上了。她的儿子们把凉的食物摆上桌后，她坐了起来，把福里斯特先生也叫了起来。大家一起吃晚饭，这次所有的盘子都空了，甚至没有喂狗的食物了。草翅膀把玉米面包和酸牛奶混在一起，拿出去喂狗了，乔迪出去帮他的忙。

晚饭过后，福里斯特兄弟几个抽着烟，谈论着马。乔迪和草翅膀对他们的谈话不感兴趣，就来到一个角落，玩起了"拔钉子"的游戏。奥拉是不允许把小刀插进光滑的地板里的，但在这里，碎木屑多些少些是没关系的。

"我知道一些事，你肯定不知道。"乔迪说。

"什么事？"

"西班牙人曾经在我家门口穿过灌木丛。"

"我知道啊，"草翅膀向他靠近些，兴奋地小声说道，"我见过他们。"

乔迪凝视着他，问道："你看见了什么？"

"我看见了西班牙人，他们长得很高很黑，头上戴着头盔，骑着黑马。"

"你不可能看到他们，他们没有一个留在这里的，就像印第安人一样。"

草翅膀闭上一只眼睛，神秘地说道："那是大人们告诉你的。你听我的，下次你到灰岩坑的西面——你知道那棵高大的木兰树吧？就是四周长满茉莉的那棵。你朝木兰树后面看，总是有一个西班牙人骑马经过那儿。"

乔迪脖子上的汗毛都惊得立了起来。当然，这只是草翅膀编的另一个故事，这也是他父母说他是疯子的原因。但乔迪坚信，朝木兰树后看看至少没什么害处。

福里斯特兄弟们都走进卧室，准备睡觉。他们每人一张床，因为没有双人床能容得下他们两个人。草翅膀把乔迪带到自己的床上，他住在厨房屋檐下一间棚屋似的房间里。

"你用枕头吧。"草翅膀对乔迪说。

福里斯特家的人生活多自由啊，不用洗脚就可以上床。草翅膀开始讲世界末日的故事。他说，那里空旷漆黑，天空中只有云朵。开始乔迪很感兴趣，但后来故事变得无聊起来，乔迪就睡着了。他梦到了西班牙人，他们骑在云朵上，而不是马背上。

乔迪半夜惊醒了一次。屋里很吵闹，他起初以为是福里斯特兄弟们又吵架了，但各种喊叫声似乎是为了同一个目的。福里斯特太太在旁边叫喊着鼓劲。一扇门开了，很多条狗冲了进去，它们钻到床底下又钻出来。乔迪和草翅膀也爬下了床。猎狗们搜了每一个房间，最后从窗户里蹿了出去。

"它们会在外面抓到它的。"福里斯特太太说，"讨厌的野猫。"

"她的耳朵对猫最灵敏了。"草翅膀骄傲地说。

"野猫都来抓床腿了，每个人都听见了吧。"她说。

福里斯特先生拄着拐杖走进房间。"这一夜就算完了，"他说，

"我宁愿去喝点儿威士忌。"

巴克去拿了酒过来，老人打开瓶塞，喝了起来。

雷姆说："别不在乎那烈性酒精。给我喝一口吧。"

他喝了一大口，然后把酒传给别人。然后，他走到墙边，拿下小提琴，然后坐下来开始拉曲子。

艾克说："你那么拉不对。"然后拿出自己的吉他，坐在雷姆旁边。巴克从架子上取下口琴，独自吹了一曲。艾克和雷姆停下来听着，然后加入了他的旋律。

酒又传了一圈。派克拿来他的犹太竖琴，米尔拿来了鼓。巴克将他忧伤的曲调变为舞曲。乔迪和草翅膀坐在地板上。

福里斯特太太说："你们别以为我只想着睡觉，我有事可做呢。"

音乐变得不成调子了。

雷姆自言自语道："要是只有我和我的爱人在这儿唱歌跳舞该多好啊。"

乔迪问："谁是你的爱人？"

"小温克·韦瑟比。"

"她是奥利弗的女朋友。"乔迪说道。

雷姆举起小提琴。那一瞬间，乔迪认为他会砸向自己。但他继续拉着小提琴，眼睛里有些怒火。

"你要再说一次，孩子，我就割了你的舌头，明白吗？"

第二章

"是的，雷姆，我知道错了。"

"我只是警告你。"

一瞬间，乔迪觉得很压抑。音乐让他再次激动起来，就像一阵大风把他卷到树的顶端。福里斯特兄弟们将舞曲换成了歌曲，福里斯特夫妇也唱了起来。白天到来了，树上的鸟儿大声地歌唱着，一家人听到了它们的叫声，就放下乐器，日光已透进木屋了。

早餐已经摆在桌上了。男人们只穿着裤子就开始吃饭了，早饭后，他们刮脸，穿上靴子，悠闲地开始一天的交易。巴克给马装好马鞍，骑了上去，又把乔迪拉起来放在马屁股上，因为巴克骑上去后，马鞍上连插一根羽毛的地方都没有了。

草翅膀一瘸一拐地跟着他们来到垦地边上，肩上坐着浣熊。他一直挥着拐杖和他道别，直到看不到乔迪了。乔迪和巴克骑马去巴克斯特岛，一路颠簸。直到推开楝树下的大门时，乔迪才想到自己忘记看木兰树后面骑着马的西班牙人了。

三　野味飘香

乔迪关上了身后的门，空气中充斥着烤肉的味道。他跑去木屋的一侧，心里既有悔恨，又有期望。他推开厨房的门，急忙走到爸爸面前。贝尼从熏房中走出来，向他打个了招呼。

一张鹿皮挂在熏房的墙上，这事实让乔迪既开心又痛苦。

乔迪哭着说："你去打猎都没等我。"他跺着脚，"我不会再让你不带我就去打猎的。"

"别急，儿子，你应该为这样的猎物感到自豪。"

他的愤怒平息了，好奇心像泉水般喷出。

"快告诉我，爸爸。你是怎么猎到的？"

贝尼蹲在沙地上，乔迪在他身边躺了下来。

"一只雄鹿，"贝尼说，"我几乎把它撞倒。"

乔迪又一次气愤起来，说："为什么不等我回家再去？"

"你在福里斯特家玩得不开心吗？你不可能在一棵树上抓到所有的浣熊啊。"

"打猎可以等啊。"

贝尼笑着说："儿子，你，我，或者是其他人遇到这种事都不会犹豫的。"

"那雄鹿跑了吗？"

"乔迪，我声明，我从没见过猎物站在那儿等我，但那只雄鹿就站在路上。它也不在意马，只是站在那儿。我想，该死的，新枪里没子弹。然后，我扳开枪膛往里一看，感谢上帝，里面有两发子弹，而路就在我面前。我扣动扳机，它就倒下了。我把它放到恺撒的屁

第一章

股上就继续前进了。"

"妈妈看到新枪和猎物时怎么说？"

"她说：'如果不是像你这么老实愚笨的人，我会认为这是偷来的。'"

他们一起笑了。厨房里飘出香味，他们忘记了在福里斯特家的事，只想着午饭。

"妈妈，我回来了。"乔迪走进厨房。

"好，我该哭还是该笑呢？"

她肥胖的身体弯在灶台前，天气很热，有汗珠从她脖子上流下。

"我们有个会打猎的好爸爸，不是吗，妈妈？"

"是，还有一件好事，就是你一直没回家。"

"妈妈……"

"怎么了？"

"我们今天吃鹿肉吗？"

她转过身，说道："我的天哪，你只会想你空空的肚子吗？"

"你烧的鹿肉真香啊，妈妈。"

"嗯，天太热，我怕放不住。"

乔迪在盘子间走来走去。

"快出去，你想把我折磨死吗？再说你在这儿能做什么？"

"我可以烧菜。"

"是，那些狗和你一样会烧。"

他跑出去找爸爸。

"老朱莉怎么样了？"

"它很好，再恢复一个月，它就能猎杀老缺趾了。"

"福里斯特兄弟们会帮我们猎捕它吗？"

"我宁愿他们猎他们的，我们猎我们的。我不在意谁猎到老缺趾，只要它不再伤害咱们的家畜就行了。"

"爸爸，我没告诉过你，当狗与它打斗时，我很害怕，甚至想逃跑。"

"当我发现我的枪坏了的时候也不会觉得有趣。"

"但你说给福里斯特一家听时，好像我们的胆子都很大的样子。"

"儿子，那就是讲故事啊。"

乔迪看着鹿皮，觉得它又大又漂亮。乔迪觉得猎杀动物这件事，让他看到两种不同的动物。在追它时，它是猎物，他只想看到它倒下；当它流血躺倒在地时，他又会感到难过，心会隐隐作痛；然后，当它被切成块、晒干、腌制、熏蒸后，或者在厨房被煮、烤、炸后，它就只是肉而已。他想知道是什么魔法造成了这种局面，他前一小时还觉得恶心，后一小时就津津有味地吃起来了。这似乎确有两种不同的动物，不然就是有两个不同的自己。

鹿皮十分光滑柔软，当他光着脚踩在上面的时候，他甚至有些希望它可以活过来。贝尼很矮小，但他的胸前长着黑色的胸毛。他还是孩子时，总是在冬天裸着身子，睡在熊皮上。奥拉说他的胸毛就是那样睡出来的。虽然这是她的玩笑话，但乔迪有些相信。

现在，家里的食物很充足，妈妈就把母猪肉磨碎做成了香肠。

乔迪说："我现在必须去砍柴，还要把玉米地锄完。"

"乔迪，你很清楚的，我不会让杂草破坏玉米地的，所以我已经锄完地了。你去劈柴吧。"贝尼说。

乔迪很高兴地走到柴堆边，因为如果没什么事做，饥饿会让他去捡喂鸡的玉米面包屑。时间一开始过得很慢，他被想和爸爸在一起活动的欲望所折磨。后来，贝尼走进了畜栏，乔迪才专心地挥动起斧子。因为想看看午餐做好了没，乔迪抱了些木柴到妈妈那儿。他高兴地看到食物已经在桌上了，妈妈正在倒咖啡。

"喊你爸爸来，"她说，"还有，把你的手洗干净。"

贝尼终于来了。一只鹿腿放在桌子的中央，贝尼拔出切肉的刀，把肉一块一块地切下来。

乔迪说："我太饿了，我的肚子还以为我的喉管被割断了呢。"

贝尼放下刀，看着他。

妈妈说："这话你是从哪儿学来的？"

"啊，福里斯特兄弟们常这样说。"

"我就知道你是跟那群下流的无赖学的。"

"他们并不下流，妈妈。"

"他们每个人都比虫子还卑贱，而且黑心。"

"他们并不黑心，他们很友好。妈妈，他们拉小提琴、吹口琴、唱歌，那场面比音乐会还热闹。天还没亮我们就起来了，唱歌，闹着玩，那感觉真好。"

"那是因为他们没有正事可做啊。"

盘子里的肉堆得高高的，巴克斯特一家开始吃了起来。

四　乔迪想养一头小熊

夜里下了一场小雨，使得四月的早晨更加清新明亮。玉米秧长出了尖尖的叶子，足有两厘米高。田地远处，扁豆正破土而出。在黄土的衬托下，甘蔗秧像是翠绿的针尖。乔迪想，有些事真奇怪，每当他从垦地回到家时，他都会注意到以前不曾注意的事情，但它们其实一直都在那儿。

一连两天，乔迪都吃得饱饱的，所以今天早上他并不那么饿。爸爸和往常一样，早起到外面去了。早饭已经准备好了，妈妈正在熏房里照料那些香肠。木柴箱里的柴快烧没了，乔迪懒洋洋地到外面去拿柴。他有做事的好心情，但他觉得要轻松地、慢慢地去做。

他悠闲地去拿木柴，两次就装满了木柴箱。老朱莉拖着受伤的身子四处寻找着贝尼，乔迪摸了摸它的头，它似乎也在享受着垦地里的宁静，似乎也察觉到自己暂时不用去沼泽地和丛林中奔波了。它那道最深的伤口还有些红肿，但别的都痊愈了。乔迪看见爸爸正朝屋子这边走来，身上挂着一个奇怪的东西。

他向乔迪喊道："我抓到一只稀奇的小东西。"

乔迪向他跑去。那柔软的小东西是一只动物，乍一看既陌生又熟悉。那是一只浣熊，但不是寻常的铁灰色的浣熊，它浑身像奶油一样白。乔迪简直不敢相信自己的眼睛。

"为什么是白色的呢，爸爸？它是上了年纪的浣熊爷爷吗？"

"这就是稀奇的原因啊。浣熊是不会变白的，这是最稀罕的一种，书上叫它白鼻浣熊，它生下来就是白色的。你看它尾巴上的一圈毛，本应当是黑色的，但它的是奶油色的。"

他们蹲伏在沙地上仔细地观察那只浣熊。

"它是掉在陷阱里的吗，爸爸？"

"是掉进陷阱里了，受了重伤但没有立即死掉。我得声明，我不想杀它的。"

乔迪感到很遗憾，因为它已经死了。

"让我抱抱它，爸爸。"

乔迪把死了的浣熊抱在怀里，它白色的毛比一般的浣熊的毛更加柔软。它肚子上的毛就像刚出壳的小鸡的绒毛那样柔软。他抚摩着它。

"爸爸，我多希望在它很小的时候就捉住它，然后把它养大。"

"当然啦，它会是只很好的宠物，但它也可能和别的浣熊一样卑鄙。"

他们在大门前转弯，顺着屋子的一边朝厨房走去。

"草翅膀说，他养的浣熊没有卑鄙的。"

"不错，但是福里斯特家的人不会想到他们以后会被咬的。"

"它大概会咬人的后背吧，爸爸。"

他俩一起笑着，描述着他们的邻居。妈妈在门口迎接他们，一见到那只动物，她满脸放光。

"你们抓到它了，太好了。它一定是偷走我的母鸡的那只浣熊。"

"妈妈，"乔迪抗议道，"你看，它是白色的，很稀有呢。"

"它是个小偷。"她漠然地说，"这兽皮比普通的贵吗？"

乔迪看向爸爸，贝尼正埋头于水盆中。他在肥皂沫中睁开一只明亮的眼睛，朝儿子眨了眨。

"也许连五美分都不值。"他随意地说，"乔迪正缺一个背包，就用这张皮给他做个背包吧。"

除了有一只活的浣熊，没有比用柔软稀有的毛皮做一个背包更好的事了。乔迪脑中充满着这个念头，连早饭也不想吃了，只想向爸爸表示感谢。

"我去清洗水槽，爸爸。"他说。

贝尼点点头。

"我每年都希望在开春时掘一口深井，但砖头太贵了。"

"不知道何时我才能不节制地用水。"妈妈说，"这20年，我一直节制着用水。"

"还得再忍耐忍耐，孩子他妈。"贝尼皱着眉头说。

乔迪知道，缺水对爸爸是个严峻的考验，他承受着比他们母子俩都多的困难。乔迪负责砍柴，贝尼却要在他窄窄的肩膀上架一根扁担，两端各挂一个水桶，往返跋涉在垦地和灰岩坑之间的沙路上。这卖力的活儿像是贝尼对家人的道歉，因为他把自己的家建在如此干燥的地方，而小溪、河流和井水都在几千米外的地方。乔迪第一次想知道爸爸选在这里居住的原因，他真希望一家人住在河边，和哈托奶奶住在一起。

妈妈说："你最好放两个饼和一些肉在口袋里，你还没吃早饭呢。"

乔迪在口袋里装满了食物，说道："你知道我想拥有什么吗，妈妈？一个像袋鼠那样的肉袋来装东西。"

"上帝把你的胃放在肚子里，就是让你一等到我在桌上摆好食物，就把它们吃到你的肉袋中去。"

乔迪站起来，轻松地向门口走去。

贝尼说："你先到灰岩坑去，儿子。我剥好浣熊皮就过去。"

天气晴朗，有风。乔迪从屋后的棚屋里拿了把锄头，缓慢地向大路走去。围栏旁的桑树煞是翠绿。妈妈最喜欢的母鸡咯咯地召唤着它的小鸡。他拿起一只黄黄的小鸡，抓住它贴在自己的脸颊上。

小鸡在他耳畔叽叽地尖叫。乔迪放开它，它急忙钻进那肥胖的母鸡的翅膀下避难去了。

院子里不久就需要锄草了，屋前台阶到大门的路上也需要锄草。虽然有柏木条竖在两边做边界，但杂草还是会从上面或下面蔓延过来。楝树上淡紫色的花瓣正在凋落。乔迪光着脚，踏着杂草和落花，走出了大门。他犹豫了，想去牲口棚看看，那儿也许又有一窝新孵出的小鸡，也许小牛的样子也和昨天不同了。如果他能找到一个闲逛的好借口，那清理水槽的工作就推迟吧。但他又想起，如果能快速清理完水槽，他今天的任务就算完成了。于是，他扛起锄头，大步向灰岩坑走去。

他想，世界的尽头可能就像灰岩坑一样。草翅膀曾说过，那里

第二章

空旷而漆黑，只有云在上面飘浮，但是没有人知道。当然，到达世界的尽头一定会感到如同到了灰岩坑的边缘一样。乔迪希望自己是第一个发现这个道理的。他离开大道，踏上了那条小径，假装自己不知道那里有一个灰岩坑。他经过了一株山茱萸，那就是灰岩坑的路标。他闭上眼睛，漫不经心地吹着口哨，慢慢地走着。快到的时候，他睁开眼睛，释然地走完最后几步路，站在了那巨大的由石灰岩构成的落水洞边缘。

一个很小的世界躺在他的脚下，它又深又凹，就像一个巨大的碗。它的形成归因于地下河穿过泥土，不断改变着方向，特别是像这里一样有着石灰岩层的地方。大部分灰岩坑只有一两米深，而巴克斯特家的灰岩坑有 18 米深。

这灰岩坑比贝尼还老。贝尼说，他记得当时旁边这些树不比幼树大多少，而现在它们已经长得非常高大了。

一条已深深陷到沙子和石灰岩中去的小径连接了坑底和西岸，连续不断的水滴落下来，在坑底汇成了一个水塘。来往饮水的野兽将水弄得很浑浊。贝尼为了让家畜和家人用水，掘开了对面东岸的岩层，挖了一些水槽来接渗水，最下面的一个是马、母牛和小牛饮水的地方。在高一点儿的地方，他掘了一对深水槽，他的妻子常在这儿洗衣服，水槽沿上已经泛起了一层乳白色的皂垢。最后，最高的地方是一个狭长的深水槽，这里积聚的水只用来烹调和饮用，它的边缘非常陡峭，所以没有野兽敢来这里饮水。

乔迪扛着锄头走下陡峭的斜坡，那笨重的锄柄常与野葡萄藤纠缠在一起。走这样的路让他很兴奋，一步一步地，他越过了好多树顶。一阵微风吹过，树叶像纤薄的手一样颤动，刹那间都垂到地面。一只红雀掠过灰岩坑，又绕回来落在水塘边。

乔迪跪在水塘旁边，一只小青蛙看着乔迪。最近的水源离这儿也有三千米远，它旅行这么远，移居到这个小水塘里，真是让人惊讶。乔迪很想知道，第一批移居来的青蛙是否知道这里有水。贝尼说过，有一年的雨季，他看见一列青蛙排着队，正在穿越倒在地上的干枯的树木。它们的行动是盲目的还是有计划的，贝尼也不知道。

乔迪忽然有了想独自隐居的念头，他决定，当他长大后要在水塘边建个小屋子。当野兽们习惯这房子后，他就在月夜从窗户里偷看它们饮水。

他越过灰岩坑平坦的坑底，向上爬了一截，来到给家畜饮水的水槽边。扛着锄头进水槽很不方便，所以他丢开锄头，用自己的双手工作。泥沙和落叶已积了厚厚的一层，他又挖又刮地干了起来，试着阻挡那慢慢渗出的水分，让水槽保持片刻的干燥洁净，但当他的手离开时，渗水又来了。石灰岩水槽变得又白又干净。他满意地离开，又向更高处那对较大的洗衣水槽里去干更为辛苦的清除工作。因为经常使用，这儿落叶较少，然而长期积下的肥皂沫使它们变得很滑腻。

他爬上一棵橡树，采集了一大捆西班牙苔藓，那是很好的擦拭材料。他又在旁边一处寸草不生的地方挖了些沙子，和苔藓一起使用。

当他到达顶上的饮水槽时，已经很累了。斜坡如此的陡峭，以至于他的肚子贴着坑壁躺下时，只要像小鹿似的稍一低头，就能喝到水。他将舌头猛地伸进水中再缩回来，观察着水面的涟漪。他很想知道，熊是像狗一样舔水，还是像鹿一样吸水。他把自己想象成熊，试着用这两种方式喝水。结果发现舔水比较慢，但吸水容易呛到，因此他决定不这么干了。但贝尼一定知道熊是怎样饮水的，他很可能还看到过。

乔迪把脸浸在水中，左右转动，使得两边的脸颊交替地感受水的冰凉。他把脑袋浸在水中，身体的重量都落两个手掌上——他想知道自己憋气能憋多久。不一会儿他就憋不住了，同时他听到爸爸在坑底的说话声。

"儿子，你对这儿的水这么感兴趣啊？但把同样的水放在洗脸盆里，你就把它当成讨厌的东西啦。"

他湿淋淋地回过头来说："爸爸，我没有听到你来。"

"在我要喝的清水中，你那脏兮兮的小脸浸得太深了。"

"我不脏，爸爸，水没有变浑。"

"我并不渴。"

贝尼爬上坑壁察看着下面的水槽。他点点头，说："我告诉你，

062

当你妈妈说20年时，我真的非常震惊。我从来没有坐下来计算过时间。时间从我身边一年一年地溜走，我既没有注意它，也没有计算它。每年春天，我都想给你妈妈掘一口井。可每次不是母牛陷入泥塘中死去就是有个小孩在这儿淹死，还要付医药费，让我没有那心思了。你要知道，砖的价格很贵。有一次，我挖到九米深还没出水，我就知道自己倒霉了。但是，要一个女人在半山腰的渗水槽里洗衣物，20年的时间确实太久了。"

乔迪认真地听着。

贝尼说："我们总有一天会为她挖一口井的。"

"20年了……"贝尼重复道，"总是有事缠着我。还有那次战争——使得所有的垦地又得重新开垦一遍。"

他倚着水槽站着，回忆着过去。

"当我第一次来到这儿时，"他说，"当我挑选了这个地方搬到这儿来时，我希望——"

"你为什么选这儿呢，爸爸？"

"我选这儿是因为……"他的脸皱了起来，脑海里搜索着合适的字眼，"我想要安宁，就这么简单。"他微笑着说道，"在这儿我得到了安宁，除了那些熊、豹、狼和野猫，有时还有你妈妈的侵扰之外。"

他们静静地坐着。松鼠开始在树上骚动起来。忽然，贝尼用胳膊肘捅了乔迪一下。

"看那个小无赖，它正在偷看我们。"

他指向一棵橡树，一只不大不小的浣熊，正在树干一侧窥视他们。它看到自己被发现了，就缩了回去，但不一会儿，它又出来张望了。

贝尼说："我想，我们看动物是稀奇的，它们看我们也是一样。"

"那它们为什么有的勇敢，有的胆小呢？"

"这个我也不知道。大概要看它多大才会怕人，但那是没规律可循的。有一次，我打了一早上的猎，正坐在一棵橡树底下，生起一堆火来取暖，并烤些咸肉吃。当我在那儿坐着时，一只狐狸来到火堆边趴了下来。我看着它，它也看着我。我想它可能是饿了，就用一根长树枝穿了一块肉递过去。我从来没有想过它会饿得跑到这样一个地方来。但那只狐狸就趴在那儿看着我，不吃也不逃。"

"能让我看到就好了。那它为什么趴在那儿，还看着你，爸爸？"

"从那以后，好多年，我一直在困惑着。我能想到是，狗把它撵昏了，或者它冷得发疯了。"

树上的浣熊已经露出了整个身子。

乔迪说："爸爸，我希望像草翅膀一样，有一个宠物和我一起玩耍。我想要一只浣熊，或是一头小熊，或是其他小动物。"

贝尼说："你知道你妈妈要发怒的。我倒无所谓，因为我也喜欢动物。但是，日子过得艰难，食物又少，你妈妈肯定会反对的。"

"我想要一只小狐狸，或是一头小豹子。你能把它们抓来，驯服它们吗？"

"你能驯服一只浣熊、一头熊、一头野猪，还能驯服一头豹子。"贝尼沉思着，他的思绪又回到他父亲布道时的说教上，"儿子，你能驯服一切，除了人类的舌头。"

五　斜阳下鹤群起舞

乔迪舒服地躺在床上养病，他刚发过烧。他认为，自己的病可能是吃了过多半生不熟的黑莓引起的。妈妈注意到他在发抖，就把她的大手按在他的前额上说："赶紧上床，你受寒发烧了。"

妈妈端着一杯热气腾腾的汤药进了屋，乔迪焦虑地看着那杯子。这两天，她都给他喝柠檬叶茶，那是芳香怡人的。当他抱怨味道酸时，她还会在里面加上一茶匙果酱。他怀疑她已经发现了事情的真相，如果她知道他的病是腹痛，她拿着的药就会是蛇根草补汁或是草乌柏制成的药，那都是他所厌恶的。

"如果你爸爸给我种一棵退热草，"她说，"那我什么时候都能让你们退烧。院子里没有退热草太不方便了。"

"杯子里是什么，妈妈？"

"你不用管，张开嘴！"

"我有权知道。假如你药死我，我都不知道你给我喝的是什么药。"

"这是毛蕊花茶。我认为你可能在出麻疹。"

"这不是麻疹，妈妈！"

"你怎么知道？张开嘴。你还没有出过麻疹呢，就算不是麻疹，这药也没什么害处。要是麻疹，它会给你退去疹子的。"

退去疹子的想法吸引了他，他张开了嘴。妈妈抓着他的头发，往他喉咙里灌了半杯，他呛着了。

"我再也不要喝了，我不是出麻疹！"

"好啦，如果疹子出不来的话，你会死的。"

他又张开嘴，喝下了剩余的毛蕊花茶。这药很苦，但妈妈用石榴皮或猪笼草根做的药更加糟糕。

"如果这是麻疹，妈妈，多久才能出疹子？"

"你喝完这茶，一出汗就会发疹子，快盖上被子。"

妈妈走出房间，乔迪等着出汗。生病是好事，虽然他不愿意过生病的第一个夜晚，因为那时他腹痛得厉害，但是病的痊愈和父母给他的关怀，肯定是令他很愉悦的。他没有说出吃黑莓的事情，心里不免内疚。因为，那样的话妈妈就会给他服泻药，那病第二天早上就会好了。

贝尼独自干垦地里的活儿已经两天了，他给恺撒套上犁，耕完甘蔗地，并给甘蔗根培好了土，又锄完了玉米地、扁豆地和一小块种烟草的地。他还从灰岩坑那里挑水回来，给牲畜喂料饮水。

乔迪想，也许他确实是要出麻疹。他摸摸脸颊和肚子，既没疹子也没汗，他意识到自己感觉和平时一样好。也许，黑莓和他这次生病没什么关系。

他终于出汗了。他叫道："嗨，妈妈，快来！我出汗了。"

妈妈走过来，查看了一下。

"你和我一样好，"她说，"起床吧。"

他丢开被子，下床站到鹿皮地毯上。一瞬间，他觉得有些头晕。

"你感觉全好了吗？"妈妈问。

"是的，就是还有些乏力。"

"你还没有吃东西呢。穿好衣服来吃点儿东西吧。"

他快速地穿好衣服，到了厨房。食物还热着。妈妈在他面前放了烙饼、肉丁，还给他倒了一杯甜牛奶。她看着他吃。

"我想你应该稍微慢一些起床。"她说。

"我能再吃一些肉丁吗，妈妈？"

"我觉得不行，你已经吃了能喂饱一条鳄鱼那么多的东西了。"

"爸爸去哪儿了？"

"我想是到牲口棚去了。"

他溜达着去找爸爸。这一次，贝尼在门口闲坐着。

"好啊，儿子，"他说，"看来你已经好些了。"

"我感觉很好。"

"你得的不会是麻疹或者天花吧？"他的蓝眼睛在闪烁。

乔迪摇摇头。

"爸爸……"

"嗯，儿子。"

"我想是那些半生不熟的黑莓让我生的病。"

"我也是这么想的，但我不会和你妈妈说的，因为她对满是青色黑莓的肚子恨之入骨。"

乔迪松了口气。

贝尼说："我正坐在这儿想，月亮一两个小时之内就要出来了，我们弄一对浮子去钓鱼，怎么样？"

"在小溪里吗？"

"我想到老缺趾觅食的锯齿草水塘那儿去钓鱼。"

"我敢打赌，我们会在那儿的池塘里抓到一个怪物。"

"我很乐意去试一下。"

他们一起走到屋后的棚屋内收拾钓具。贝尼扔掉旧鱼钩，换上了两个新的。他把猎来的鹿尾巴上的短毛做成假诱饵，并把它们挂在鱼钩上。

"如果我是条鱼，肯定会上钩的。"乔迪说。

贝尼回到屋里，和妻子简单地说了几句。

"我和乔迪要去钓鲈鱼。"

"我想你已经累了，乔迪也还生着病呢。"

"正因为如此，我们才去钓鱼呀。"他说。

奥拉跟到门口在他们身后望着。"要是钓不到鲈鱼，给我弄些小鲷鱼也好。"她叫道。

"我们不会空手回来的。"贝尼承诺道。

下午天气暖和，而路程似乎也不长。乔迪想，从某种意义上讲，钓鱼要比打猎有意思。它虽然没有打猎那么激动人心，但也没有那么恐怖。钓鱼是件从容的事，你可以随意地看看风景。他们在一个熟悉的池塘边停下来，那池塘因长久干旱变得很浅。贝尼捉住一只蚱蜢，把它投进水里。

"这里的鱼恐怕都干死了。"他说，"这些小池塘总使我困惑，我不明白这里的鱼是怎么生存的。"

他又抓了一只蚱蜢，徒劳地投了下去。

"可怜的鱼儿，"他说，"住在自己的小天地里，我不但不该钓它们，还应该喂它们。"

接着，他提起钓竿搁在肩上。

"也许上帝也是这么看的。"贝尼笑道，"也许他往下一看，说:'那儿有个贝尼·巴克斯特正在努力经营着垦地。'"他停顿了一下，接着说道，"这儿确实是很好的垦地，连鱼儿都那么满足。"

乔迪说："看！爸爸，那儿有人。"

在橡树岛、锯齿草池塘和大草原这样荒凉孤寂的地方看到人类，比看到动物更加稀奇。贝尼向前望去，看到大概有五六个人进入了后面丛林中的通道。

"那是米诺卡人，"他说，"正在捕捉穴居的旱地乌龟。"

乔迪看清了他们肩上的袋子。只有最贫瘠的土地，才会有这种布满灰尘的旱地乌龟，它们也是最低劣的食物。

"我总怀疑，"贝尼说，"他们是在用乌龟制一种药。他们跑到这儿来捉乌龟，不会只是为了吃。"

"那我们溜过去，靠近了看看。"乔迪说。

"我不愿意看那些可怜的家伙。"贝尼说，"米诺卡是一个受尽欺骗的民族，我爸爸知道他们的全部历史。一个英国人带他们渡过大海和印第安河来到纽土密。他说那是美好的天堂，还承诺给他们工作。但当年收成不好，他抛弃了他们，他们几乎全部饿死，现在剩下的人已经不多了。"

"他们像吉卜赛人吗？"

"不，没有吉卜赛人那样粗野。他们的男人长得黝黑，很像吉卜赛人，但女人很漂亮。他们过着与世无争的生活。"

一行人消失在丛林深处。乔迪很是激动，他脖子后面的毛发都竖了起来，就像看见了西班牙人一般。

贝尼说："前面那个池塘里，一定有很多鲈鱼。"

他们来到老缺趾吃地肤叶的草地附近。长期的干旱使得沼泽地变得坚实而干燥，池塘露了出来。一只美洲鹿从他们前面跑了过去，那黄色的腿和多彩的脸很明亮。一阵风吹过沼泽，池水荡漾起来，睡莲的叶子摇晃着，那宽大的叶片迎着阳光，一闪一闪的。

"浅滩很多，"贝尼说，"今晚月色会不错。"

他将线在两根钓竿上系牢，然后系上鹿毛浮子。

"现在你到北面去钓，我到南面试试。"

乔迪站了一会儿，看着爸爸熟练地把浮子抛向池塘的远处，不禁惊讶于他的技巧。浮子落在一丛莲叶边上，贝尼在池塘边慢慢牵动它。浮子忽上忽下，像一只虫子似的跳跃着。乔迪看得入了迷，好一会儿才开始走向池塘的北面。一开始，他抛得糟糕透了，不是渔线缠在一起，就是浮子投到了最不恰当的位置。但不到一会儿的工夫，他就抛得顺手起来。他感到手臂抛出了一个令人满意的弧形，手腕在恰当的时候抖动了一下，就把浮子准确地投到了一丛水草的旁边。

贝尼叫道："很好，儿子。先让它停一会儿，再准备牵动第一下。"

乔迪还不知道爸爸在暗中观察他呢。他忽然紧张起来，小心地牵动钓竿，那浮子跃动着掠过池水。水流涡旋着，他隐约看见一个银白色的影子游过，一个足有小煎锅那么大的嘴吞没了诱饵。一块磨石那么沉的重量拽着渔线往下坠，而且像一只野猫般地挣扎着，几乎拖得乔迪失去平衡。他打起精神，按捺着自己激动的情绪。

贝尼叫道："别紧张。不要让它把诱饵拖下去。把钓竿提起来点儿，别让它逃脱了！"

乔迪的手臂紧张得发酸。他一边怕拉得太紧断了线，一边又怕稍一松劲儿，它就会突然逃掉。他希望爸爸给他念些魔法咒语，然后奇迹般地将鱼送上岸，结束现在这种折磨。那鲈鱼也愤怒了，向着水草冲去，在那里渔线可能会缠在水草上，那样它就可以逃脱了。乔迪忽然想到，如果他沿着池塘边走，并拉紧渔线，就能将鱼引到浅水中，然后用力把它拉到岸边。他小心地牵引着，开始离开池塘边。他将钓竿猛地向上一拽，果真把那条鲈鱼拉上了岸。鲈鱼在草丛里挣扎着，他急忙扔下钓竿跑上前去，把它转移到安全的地方。那鲈鱼足有四五百克重呢。

"儿子，我真为你骄傲。没有人能比你处理得更好了。"贝尼跑到乔迪身边，并说道。

乔迪气喘吁吁地站着。贝尼重重地拍着他的背，和他一样兴奋。乔迪几乎不敢相信自己的眼睛，他俯视着那条壮实的鱼和它那巨大的肚子。

"我觉得它就像老缺趾一样。"乔迪说。然后，他们一起笑了起来。

"现在，我得打败你。"贝尼说。

他们各自选择了一个池塘。不一会儿，贝尼就叫着自己被乔迪打败了。他开始用手提着渔线和蚯蚓给奥拉钓些小鲷鱼。乔迪一次次地投着鱼饵，但再也没有出现那疯狂的漩涡、剧烈的跃动和挣扎的重量。他后来又钓到了一条小鲈鱼，提着去给他爸爸看。

"扔回池塘里吧。"贝尼说道，"现在我们不吃它，等它长得和那条一样大时，我们再来捕捞它。"

乔迪不情愿地把小鱼扔回水里，看着它游走了。贝尼对打猎或钓鱼的要求都非常严格，除了能吃或者能饲养的，其他的都不许乱捕乱杀。当太阳耀眼的光辉消失时，乔迪想再钓一条大鱼的希望也破灭了。他悠闲地投着鱼饵，同时为自己越来越好的钓鱼技巧感到快乐。现在已经不是鱼儿们觅食的时候，鱼儿们不会来咬诱饵了。忽然，他听到爸爸像一只鹌鹑似的叫着，这是他们捉松鼠时的暗号。乔迪放下钓竿向后看了下，确信他还能够认出那片草丛。为了避免阳光的照射，他用草盖着他的鲈鱼。然后，他小心地走到爸爸那里。贝尼耳语道："跟我来，儿子，我们悄悄地靠近那边，"他指着一个地方说，"鹤群正在那里起舞呢。"

乔迪看到了远处的一大群白鸟，他想爸爸的眼睛就像老鹰那么锐利。他们匍匐在地上，慢慢向前爬行。有时贝尼整个身子都趴在地上，乔迪在他后面跟着趴下。他们爬到了一丛高高的锯齿草旁，贝尼示意乔迪躲到草丛后面。那些大鸟现在是如此之近，以致在乔迪看来，只要用他那长钓竿就可以够到。贝尼蹲下身子，乔迪也随着蹲了下来。乔迪的眼睛顿时睁圆了，他数了下鹤的数目，一共是16只。

那些鹤正在跳着交谊舞，两只挺直又洁白的鹤分开站着，正发出一种奇怪的声音，旋律和舞蹈一样，是不规则的。其他的鹤围成一圈，在圈子的中心，几只鹤正沿着逆时针方向旋转。音乐家们演奏着音乐，舞蹈家们则举起它们的翅膀，并交替着提起它们的两只脚来。它们把头深深地埋入雪白的胸脯，抬起来，又沉下去。它们默默地移动着脚步，显得有些笨拙但又非常高雅。外面的一圈不停地旋转着，中间的一群则完全沉醉在其中。

忽然，所有的动作都停止了。乔迪想，可能是舞蹈结束了，或者他们被发现了。但实际上，是另外两位音乐家也加入到圈子内，舞蹈又开始了。鸟儿倒映在沼泽清澈的水中，16个雪白的影子在水中起舞。夕阳照在那些白色的躯体上，折射出玫瑰色的光芒，它们就像是一群用魔术召唤来的鸟，在沼泽地上翩翩起舞。锯齿草和它们一起摇曳，清澈的池水跟着它们一起波动，就连大地似乎也在它们脚下震颤。斜阳、晚风、大地和天空，好像都随着鹤群一起起舞了。

第三章

一 小野鹿出生了

到了小鹿出生的季节了。乔迪看到了它们在丛莽中留下的纤细的蹄印。不管是去灰岩坑清理水槽，还是到橡树林去伐木，或是到贝尼为有害动物设置陷阱的地方去，他总是会留意地面，寻找小鹿

的足迹。母鹿较人的蹄印通常在小鹿的蹄印前面，但母鹿是谨慎的，通常都是单独觅食，小鹿却在另一个有着浓密植物覆盖的地方。每当发现孪生鹿的足迹时，乔迪总是激动不已，想着："我可以留一

只给它妈妈，自己带走另一只。"

一天晚上，他向妈妈提了这件事。

"妈妈，我们有足够的牛奶，我不能养一只小鹿吗？"

"我只能说不行。你说牛奶很多，这些日子哪还有剩余的牛奶？"

"它可以吃我那份。"

"是啊，养肥了小鹿，你却长得矮小。我们都有好多事要做，为什么你要弄一只小鹿来，在这儿到处叫唤？"

"我想要一只。我想要浣熊，但我知道浣熊长大了会咬人；我也喜欢小熊，但我知道它们也会做坏事。可我就是想要一个……"他皱起眉头，脸上的雀斑挤在一起，"我就想要一样属于我自己的东西。它能跟着我，属于我。"他拼命寻找字眼，"我想要一只可以信赖的小东西。"

妈妈哼了一声。

"好吧！但这样的东西你可没处找。在动物世界中找不到，在人群里也找不到啊！乔迪，你不要再来纠缠我了。你要是再说小鹿、小熊、浣熊，我就得打你一顿了。"

贝尼在角落里静静地听着。

第二天早晨，贝尼说："今天我们去抓公鹿，乔迪。我们可能会找到个小鹿窝呢。"

"两条狗都带去吗？"

"只带老朱莉去，它受伤后就没出去过，一次轻松的出猎对它会有好处的。"

妈妈说："上次的鹿肉快吃完了，而且我们还需要做大量的鹿肉干。熏房里再挂上一些鹿腿，那熏房看起来就更像样儿了。"

奥拉的情绪好坏，决定于食物的供给情况。

贝尼说："乔迪，你得继承这支老前膛枪了。但你要小心点儿，别叫它让你也倒霉。"

妈妈已经把浣熊皮缝成了一个背包，乔迪将子弹和装满了的火药的牛角筒都放到了里面。

贝尼说："亲爱的，雷姆的枪没带多少子弹，我得去卢西亚买些。我还想买些真正的咖啡，咱们家里只有一些野咖啡豆。"

"我也这么想。"她同意道，"我要几缕线和一包针。"

贝尼说："那些公鹿似乎经常在河边觅食，我曾在那里看到过密集的蹄印。我和乔迪可以去那里打猎，只要能打到一两只鹿，我们就能用鹿肉在卢西亚镇交换我们需要的东西了。然后，我们就能去向哈托奶奶问好了。"

奥拉皱起了眉头，说道："你们又要去拜访那个老太太，看来是要去几天了。我想乔迪还是留在家里吧。"

乔迪不安地看着爸爸。

贝尼说："我们明天就回来。如果我不带他去，不教他，那他怎么能学会打猎，成为一个大人呢？"

"这倒是个好借口。"她说，"你们男人就是喜欢一起到外面去瞎逛。"

"那你和我一起去打猎吧，亲爱的，让乔迪留在家里。"

想着她那肥大的身躯在洼地里前进的画面，乔迪笑出了声。

"好了，去吧。"她笑着说，"尽快把事情办完。"

"要知道，我们一走，你就享福了。"贝尼说。

"这是我唯一的休息时间。"她承认道，"给我把祖父留下的那支枪装上弹药。"

乔迪想，那支古老的枪对于她来说比任何入侵的野兽都要危险，因为她是个糟糕的射手，而那支枪也和那把老前膛枪一样糟糕。但他知道，妈妈有那支枪会安心些。乔迪把枪从棚屋里拿出来给爸爸去装弹药，同时也暗自感谢妈妈没要那把老前膛枪。

贝尼对老朱莉打了声呼哨，然后，一个男人、一个孩子和一条猎狗就向东出发了。五月的天气很闷热，太阳直射进丛莽中。即使穿着牛皮鞋，乔迪的脚还是被沙子灼烧得厉害。贝尼不顾炎热，快步走着，乔迪努力地跟上他。老朱莉在前面小跑着，还没嗅到什么气味。贝尼停下过一次，望着地平线。

乔迪问："你在看什么，爸爸？"

"没什么，儿子。"

在离垦地东面 1600 米远的地方，贝尼改变了方向。鹿的足迹忽然多了起来，贝尼察看着它们的大小和新鲜度。

"两只大的公鹿一起从这儿经过。"他说道，"它们是天亮前从这儿过去的。"

"爸爸，你怎么对足迹了解得这么清楚？"

"因为看多了吧。"

乔迪看不出这些蹄印有什么不同。贝尼俯下身子用手指比画着它们的大小。

"现在你知道怎样区别公鹿和母鹿的蹄印了吧？母鹿的蹄印是尖细而小巧的，而每个人都能判断这蹄印是否新鲜，因为过久的蹄印会有沙土吹在上面。现在如果你留意下，会发现鹿在奔跑时足趾是分开的，当它行走时就并拢在一起。"他指着那新鲜的蹄印对猎狗喊道，"这儿，老朱莉，抓住它。"

老朱莉用它的鼻子嗅着。足迹转向东南方向一片开阔的长满冬青的平地，这儿还有熊的踪迹。

乔迪问："我要是有机会，能开枪打熊吗？"

"不管是熊还是鹿，你都可以抓住机会，只要不浪费子弹就好。"

走在平坦的路上倒不累，但天气热得要命。冬青丛后是一大片松树林，浓荫下十分凉快。贝尼指出一个被熊咬过的地方，那是一株高大的松树。

老朱莉抬起它的鼻子，贝尼和乔迪停了下来。前面一阵骚动。贝尼示意老朱莉跟着他们，然后就走近了些。一片开阔地出现了，他们停了下来。一对孪生的小熊，正把小松树当秋千呢。那棵小松树高而柔软，它们就抓住小松树前后晃荡。乔迪也这样玩过，那一瞬间，他觉得小熊就是和他一样的孩子。他也想爬上小松树，和它们一起晃荡。小熊使劲一摇，小松树就弯到离地面很近的地方，然后弹起来，又弯到另一边去。

　　乔迪忍不住叫了起来。两头小熊停止了玩耍，惊讶地注视着他们。这是它们第一次看见人类，只觉得好奇，并不害怕。一头小熊爬到更高的树枝上，不是为了安全，只是为了找个更好的视角，看得更清楚。它用一条臂膀挽住树干，傻乎乎地向下凝视着他们。

　　"爸爸，我们捉一头吧。"乔迪请求道。

　　贝尼也动心了。

　　"它们太大了，不能驯养了。"贝尼恢复了理智，说道，"过不了多久，你妈妈就会把它们赶走，甚至你和我也会被赶出门的。"

　　"爸爸，它还在眨眼呢。"

　　"那应该是较坏的一头。孪生的小熊，总是一头和善，一头凶残。"

　　"那我们捉那头和善的吧。求你了，爸爸。"

　　贝尼摇摇头。

"走吧，儿子。我们继续去打猎。"

爸爸开始循着鹿的足迹向前走，乔迪还对小熊恋恋不舍。他渴望抚摩它们，他幻想它们坐在地下，向他讨吃的，或者蜷缩在他的膝盖上，柔软而亲昵。爸爸快要在松树下消失了，他连忙追上去。

"你和你妈妈说过这事吗？"贝尼说，"你应该养一只小的且容易驯养的小动物。"

这话使乔迪高兴极了。

"我没养过什么宠物，也没和它们玩过。"贝尼说，"我们家的情况很糟糕，农耕和《圣经》都没有使我爸爸更好过一些。我爸爸和你妈妈一样，他是不会同意喂养宠物的。他努力使我们吃饱肚子，后来他生病死了，从此我就开始照顾其他兄弟，直到他们能够自立为止。"

"那一头小熊也可以自立，不是吗？"

"是啊，但它会伤害你妈妈的鸡群。"

乔迪叹了口气，继续跟着爸爸寻找公鹿的足迹。那两只公鹿的足迹靠得很近，这是很稀奇的。他想，公鹿们在春天和夏天很友好，但到了秋天，它们的角长成后，它们就开始追求母鹿，它们会赶走母鹿身边的幼鹿，开始激战。这两只公鹿其中一只要比另一只大些。

"那只鹿大得可以让人骑了。"贝尼说。

他们继续往前走，来到一棵橡树下。

"儿子，"贝尼说，"你不是想看小鹿吗，我和老朱莉去前面转一圈，你爬到这棵橡树上，躲在枝叶里，就会看到有趣的事情。把枪藏在灌木丛中，你用不着它。"

乔迪爬上了橡树，并悄悄地藏好自己。贝尼和老朱莉消失了，树荫里很凉快。正午，烈日炎炎，各种生物都去休息了，除了贝尼和老朱莉——他们还在某处奔波。下面的灌木丛里有了声响，乔迪以为是爸爸回来了。他猛地一动弹，差点儿暴露了自己。他听到有呦呦的叫声，紧接着一只小鹿出现了，乔迪屏住了呼吸。

一只母鹿跳过棕榈丛。小鹿迈动站立不稳的腿，摇晃着向母鹿跑去。母鹿低下头，舔着小鹿的脸，那脸上似乎只有眼睛和耳朵。小鹿是带斑点的，乔迪从未见过这么幼小的鹿。母鹿抬起头来，嗅着空气，那里有人类的气息。它高踢着后蹄，对橡树周围进行了袭击，发现了猎狗和人的踪迹。它时而跟着那踪迹前后移动着，时而又停下来倾听小鹿呦呦的叫声。母鹿安静下来，小鹿开始吃奶。母鹿还不放心，它甩开小鹿，一直走到橡树下。虽然有树枝掩护，可是母鹿能嗅到树上的气味。它抬起头，寻找他的位置，小鹿紧紧地跟在它后面。母鹿突然旋转起来，将小鹿踢进灌木丛里，然后自己也越过灌木丛，匆忙地逃走。

乔迪爬下了树，跑到小鹿滚进去的地方，它不在那里。他在地上仔细地搜寻，小巧的蹄印纵横交错，完全区分不出来，他只好闷闷不乐地坐着等爸爸回来。贝尼回来了，脸红红的，浑身被汗湿透了。

"儿子，你看到什么了？"他叫道。

"一只母鹿和一只小鹿。那小鹿一直就在这儿，它吃母鹿的奶，但母鹿嗅到我后就逃走了。我找不到小鹿了，老朱莉能找到它吗？"

贝尼往地上一坐，说道："老朱莉能追踪任何留下足迹的东西。但我们不要折磨那只小鹿了，它一定就在附近，大概害怕得要命。"

"它妈妈不该扔下它。"

"这正是它的机智。大多数动物会带着幼兽逃跑，但母鹿知道，让小鹿静静地躺着是不会被人注意到的。"

"爸爸，它身上的斑点很可爱。"

"那斑点是成行的，还是乱七八糟的？"

"成行的。"

"那是只小公鹿。你能这样近地看到它觉得高兴吗？"

"我高兴啊。但我更想捉住它，驯养它。"

贝尼笑起来。他打开背包，拿出午饭。乔迪表示抗议，他觉得打猎比吃饭更重要。

贝尼说："我们在这里吃午饭，一只公鹿可能会从我们面前跑过。"

乔迪从灌木丛中找出他的枪，坐下来吃东西，但还是心不在焉的。老朱莉还是有些虚弱，它伸展着四肢侧躺着。

贝尼躺在地上，懒洋洋地说："如果风向不变，那两只公鹿不久后就会绕回到这儿来歇息。如果你能爬上那边任何一棵高大的松树，那会是不错的射击位置。"

乔迪拿起枪就跑，他一心想打死一只公鹿。

贝尼在后面喊道："不要离太远就开枪，要看准时机。"

乔迪选择了一棵视野最开阔的松树。拿着枪爬上笔直的松树有些困难，当他爬到最低的树枝上时，小腿和膝盖都擦破了皮。他歇了一会儿，然后继续爬到树上他敢到达的最高处。

他回想起小熊摇晃着小松树的场景，也开始晃动那树梢。但枪和他本身的重量，使树枝失去了平衡，它们发出将要折断的响声。乔迪连忙停了下来，他向下环视一周，终于知道鹰从高处俯瞰地面时的感觉了。

他能看到整个区域，并未发现有东西向他走近。忽然，一只大公鹿往这边觅食来了。鹿还在射程之外，因此他想爬下松树去接近它，但又知道那只鹿比他警觉得多，不等他举枪就跑了。于是，他只能等着，盼望着公鹿能离他近些，但它移动得特别缓慢。

后来，那只鹿开始径直向他走来。他举起枪，心怦怦地跳动。他分不清那只鹿离他是远还是近，它看上去似乎很大。他等了好久，那只鹿终于抬起头来。乔迪瞄准了它的脖子，扣动了扳机。那一瞬间，他感觉自己瞄得有些高了，但他确定自己已经打到了它，因为它高高跃起，越过冬青丛，从松树底下急速跑过。几秒钟后，他听见了贝尼的枪声，不禁颤抖了。他爬下松树，跑回到硬木林。公鹿躺在地上，贝尼已经开始处理猎物了。

乔迪喊道："我打中了吗？"

"你打中它了，但它并没有倒下。当它经过这里时，我又给了它一枪。你打得稍微偏高一些啦。"

"我知道。我一开枪，就知道打高了。"

"好，下次注意。"

乔迪看着它美丽的身体，因为鹿流血的喉咙感到恶心。他说："要是不打死它就能有肉吃该多好啊。"

"那倒是，但我们总得吃啊。"

"我们到卢西亚镇把鹿皮剥下，鲍尔斯一定会想要的。"贝尼说，"但你要是想把它送给哈托奶奶，那也行。"

"我想她会用它做一块地毯的。要是我自己打死它，把皮送给她就好了。"

"这鹿皮算你的，我送她鹿的前腿。奥利弗出海去了，没有替她打猎的人了。"贝尼开玩笑地说道，"也许你应该把鹿皮送给你的爱人。"

乔迪皱起了眉头说："爸爸，你知道我没有爱人。"

"我曾看见你们牵手玩呢。你不想念尤拉莉娅吗？"

"我没有和她牵手，那只是游戏，爸爸。"

贝尼很少打趣乔迪，但有时也想这么做。

"我最爱的人是哈托奶奶。"乔迪说。

"好吧，这就是我想知道的。"

他们涉过裘尼泊河，又走了三千多米小路，然后到了去往卢西亚镇的大路。贝尼停下来歇了会儿。快傍晚时，他们经过了麦克唐纳船长的屋子，乔迪知道他们已在勃特勒堡附近。他们到了圣约翰河，贝尼向对岸呼喊，招呼卢西亚镇那边的渡船。一个人撑着木筏过来了，载着他们渡了河。他们踏上鹅卵石铺成的路，来到卢西亚镇的一家店铺中。

贝尼向店主打招呼："你好，鲍尔斯先生。你看这个怎么样？"

"可以卖给轮船上的人，船长想要的。"

"现在鹿肉卖什么价钱？"

"还是一样，一挂肉 1.5 美元。我敢说，忙碌奔波的城里人最爱吃鹿肉，可是鹿肉连猪肉的一半味道都没有。"

贝尼将鹿放在大石砧上，开始剥皮。

"是的，"他同意道，"但如果一个大肚子的人不能出门给自己打猎，那鹿肉对他是极好的。"

他们一起笑起来。贝尼是很受欢迎的老顾客，鲍尔斯是一个公断人，他的货物包括日常必需品在整个乡下都是少有的奢侈品。

"一只前腿，明天带回家给我老婆，另一只前腿带去给哈托奶奶。"贝尼说。

乔迪沿着玻璃柜橱，看着里面的各种东西，但都没什么兴趣。突然，他看到一个生锈的口琴。他顿时被吸引了，心里盘算着用鹿皮交换它。这样他就可以吹给哈托奶奶听，或者和福里斯特兄弟们合奏了，但是哈托奶奶大概更喜欢鹿皮。

"孩子，你爸爸很久没来了。我可以送你一美分的东西，随便你要什么。"鲍尔斯叫住他。

"那口琴不止一美分吧？"

"是的。但它放在那儿已经好久了，你拿去吧。"

他说："谢谢您，先生。"

鲍尔斯说："你的孩子很有礼貌，巴克斯特先生。"

乔迪心里一阵温暖。他离开了柜台，看见了门旁边鲍尔斯的侄女尤拉莉娅，她正凝视着他，他顿时愤恨起来。他恨她，因为她爸爸取笑过他。他迅速地捡起一个土豆并举了起来。她朝他扮了个鬼脸，他将土豆猛地扔过去，正好打在她的肩膀上，她发出痛苦的尖叫声向后退去。

贝尼喊着："乔迪，怎么回事？"

鲍尔斯皱着眉头走过来。

贝尼严厉地说道："给我出去！鲍尔斯先生，你不能给他口琴。"

乔迪走到了炙热的阳光下。他丢脸了，但如果他还能再做一次，他一定拿一个更大的土豆扔向她。交易做完后，贝尼来找他。

贝尼说："你让我丢面子了。也许你妈妈是对的，你不应该和福里斯特兄弟们混在一起。"

"我不管，我恨她！"

"我真不知道该说什么。你怎么会干出这样的事？"

"她向我扮鬼脸，她太难看了。"

"但你总不能朝你认为的所有丑女人扔东西啊。"贝尼说，"哈托奶奶知道后会怎么看你呢？"

"爸爸，求求你别告诉她。"

"我不知道她是否还想要你的鹿皮。"

"爸爸，你不告诉哈托奶奶，我就不再向别人扔东西了。"

"好吧，就这一次。把鹿皮拿去吧。"

乔迪的精神振奋了些。他们转向北边的一条小路，哈托奶奶的花园就在前方。她的白色小屋被忍冬和茉莉的藤蔓缠绕着，这里的每一样东西都是可爱而熟悉的。

乔迪穿过花园的小径，叫道："嗨！奶奶！"

屋里响起了轻快的脚步声，哈托奶奶出现在大门的台阶上。

"乔迪啊！"

他向她跑去。

贝尼叫道："别把奶奶撞倒了，儿子。"

她拥抱着乔迪，乔迪紧紧地抱着她，疼得她尖叫起来。

"你这头恼人的小熊。"她说。

她笑起来。她那粉色的脸上长满了皱纹，眼睛特别黑。

贝尼说："奶奶，看我们身上多脏啊。"

"也没什么，就是打猎的气味，"乔迪说，"鹿皮和树叶的味道，还有汗臭味。"

"那是好味道。"哈托奶奶说，"我寂寞得正需要孩子和男人的气味呢。"

贝尼说道："这是新鲜的鹿肉。"

"还有鹿皮，可以做地毯。是我打伤了它。"乔迪说。

哈托奶奶将双手举向空中，礼物的价值瞬间变大了。她摸着鹿肉和鹿皮，像太阳吸收水分似的从男人那儿吸收了勇敢，她的勇敢又传给了男人们。年轻人从她这儿离开时，带上了一股勇敢劲儿，老年人也被她那银色的卷发所征服。她身上有一种女性的，能让男人都充满男子气概的力量。她的赐予激怒了所有的女人。奥拉在她这儿住了四年，对她极度憎恶，但这位年长的女人却以宽宏大量来回报她。

贝尼说："我把肉放到厨房去，将鹿皮钉在棚屋的墙上。"

乔迪叫道："来这儿，'绒毛'！"

一条小白狗很快地跑来，跳起来舔乔迪的脸。

奶奶说道："它见到你非常高兴呢。"

"绒毛"看到老朱莉正安静地蹲着，便绷紧身子向它走去。老朱莉一动不动地坐着，长耳朵耷拉着。

奶奶说："我很喜欢老朱莉，它就像我姑妈露茜那么文静。"

贝尼拿着鹿肉和鹿皮到屋子后面去了。父亲、儿子和猎狗都受到了欢迎，乔迪觉得待在这里比在妈妈身边更好。

"我敢打赌，你一定想去游泳。"

"在河里吗？"

"你可以去河里游泳，当你上岸时，我有干净衣服给你换。奥利弗的衣服。"

她没有警告他要防备鳄鱼、毒蛇或是急流，乔迪应该是知道的。乔迪跑下小径来到埠头，河水击打着岸边发出了声响，但河的中心部分在安静地流着，只有急速漂流的落叶能显出它的湍急。乔迪犹豫了一会儿，然后跳进水中，挣扎着游向上游。他往河岸靠近，那儿的水流比较缓慢。

他想象着一条鳄鱼在后面追他，他拼命地游，吃力地从一处游到另一处，想知道是否能到达上游那个埠头。他朝那儿使劲游着，衬衫和裤子妨碍了他。他真希望能光着身子游，奶奶是不会介意的。

他回头望去，奶奶家的埠头已经看不见了。他忽然觉得有些恐慌，于是调转身子，激流迅速地把他冲到下游，他拼命地向河岸靠近。

他惊恐地想，也许他会被冲过卢西亚镇的闸门，漂进巨大的乔治湖，甚至一直漂到大海里去。他盲目地游着，直到脚底触到地，发现自己站在离埠头不远处。他如释重负，谨慎地向它游过去，爬上了木头平台。他深吸了一口气，恐慌消失了，他被冰凉的河水和刚才的险境弄得兴奋起来。

贝尼站在埠头上说："真是惊险啊。我可只想在河边洗个澡。"

他谨慎地从埠头上跳下水，说："我可不愿意让我的脚离开实地，我的冒险时代已经过去了。"

贝尼不久就上岸了，他俩回到棚屋后面，奶奶已给他们备好了干净衣服。他们在棚屋里穿好衣服，用手弄好头发，乔迪的雀斑脸显得容光焕发。他们穿上自己的鞋子，用换下来的衣服擦净上面的灰尘。奶奶在喊他们，于是他们走进屋子。

乔迪闻到了熟悉的气味，但他从不知道其中的成分。这气味里有奶奶插在衣服上的薰衣草的气味，有壁炉前插在瓶子里的干草的气味，有放在食品柜里的蜂蜜的气味，有奶奶用来给"绒毛"洗澡的肥皂的气味，还有窗外花园里的花香。但盖过这一切的，也是乔迪最后闻到的，是大河的气味。

奶奶拿来了葡萄酒和香饼，乔迪也被允许喝了一杯。贝尼慢慢地喝着，但乔迪想要更甜一些的东西。他漫不经心地吃着香饼，直到盘子空了，他才不好意思地停下来。这要是在家中，一定会招来灾祸的，但奶奶又给他装满了一盘。

她走进厨房，乔迪跟在后面。她开始把鹿肉切成薄片来烤。乔迪皱着眉头，因为鹿肉对他们来说并不算是盛情的款待。她打开灶门，他才意识到还有别的东西在煮着。他在奶奶与爸爸之间走来走去，这虽不像在福里斯特家那么兴奋，但很舒服。贝尼在家时总是有各种事情，现在却有肉和酒在等他。乔迪想去厨房帮忙，但奶奶不许，他就来到院子里和绒毛一起玩。

晚餐已经准备好了。乔迪认识的人中，只有哈托奶奶有单独的餐厅，别人家都是在厨房里的小松木桌上吃饭。

贝尼与奶奶闲聊。

他对她说："我很奇怪，你的爱人怎么还没露面。"

"除了你，贝尼，任何人都说他应该被扔到河里去。"

"你就这么对付可怜的伊西，嗯？"

"可惜他没有淹死。他是一个连受了侮辱都不知道的家伙。"

"你应当接受他，以便用合法的权利把他扔出去。"

乔迪大笑起来。他不能边听别人谈话边吃东西，他发现自己落后了，就专心地吃起来。

饭后，他们一起到河边散步。轮船经过，船上的旅客向哈托奶奶招手，她也向他们招手。快日落的时候，伊西拐到通向小屋的小径上，到屋内去做傍晚该做的杂事。奶奶看着正在走近的她的追求者。

"你看他像不像扫把星？"

乔迪想，伊西真像一只被雨淋湿了羽毛的生病的灰鹤，他的头发是灰色的，还长着长而稀的胡须，双臂像无力的翅膀一样垂在身体两旁。

"看看他，"哈托奶奶说，"他是北方佬，他的脚像鳄鱼尾巴似的拖着。"

贝尼说："他是不好看，可他很谦恭。"

"我最恨软弱的男人。"她说。

伊西到屋子后面去了。乔迪听到他一会儿在母牛那儿，一会儿又到柴堆那儿。干完活后，他胆怯地走到前面的台阶上。贝尼与他握手，哈托奶奶朝他点了点头。他清了清嗓子，却说不出话来。黄昏时，奶奶消失在屋子里面，伊西站起来要走。

他对贝尼说："我要是能像你一样会讲话，也许她会对我好点儿。她是不是因为我是个北方佬才不肯原谅我？要真是那样，贝尼，我宁愿在我们的旗子上吐痰。"

"你要知道，一个女人会像鳄鱼咬住小猪一样坚持她的想法。她是不会忘记北方佬拿走她的针线，害得她带着三个鸡蛋一直走到圣奥古斯丁才换到一包针。要是北方佬被打败了，她或许能原谅你。"

"但我是被打败了的，贝尼。在勃尔勒姆，你们的军队狠狠地打败了我们。我的天，我恨打仗。"他说完就走了。

"这个打败仗的人竟想追求哈托奶奶。"贝尼说。

进了屋子，贝尼拿伊西的事烦扰哈托奶奶，就像他拿尤拉莉娅打趣乔迪一样，而她也尽力还击。这让乔迪想起了什么。

他说："奶奶，雷姆说，温克·韦瑟比是他的爱人。我说她是奥利弗的爱人，但雷姆听了我的话很不高兴。"

"等他回来，他会提防雷姆的。"她说。

她让他们到奥利弗提起过的那个刷得雪白的房间里睡觉。乔迪在爸爸旁边躺了下来，说道："我真希望哈托奶奶是我的亲奶奶。我希望奥利弗也是我的近亲。"

"你觉得像亲戚的人，就当是亲戚好了。你想在这儿和哈托奶奶住在一起吗？"

乔迪想起自家的木屋，猫头鹰大概正在啼叫，也许是狼在长嗥，豹子在尖啸，鹿会到灰岩坑那里去饮水，小熊们大概正蜷成一团挤在窝里。丛莽中的事物，要比这里雪白的桌布和床单更吸引人。

"不要。我想把奶奶带回家和我们一起住。但我们先得让妈妈同意。"

贝尼咯咯地笑了起来。

"可怜的孩子，"他说，"你得长大了，慢慢了解女人们……"

二 哈托奶奶真好

黎明时分，乔迪听到载有货物和旅客的轮船经过哈托家的埠头。他坐在床上，向窗外望去，听见轮船发出了尖细的汽笛声。他好像听到它停了下来，然后又向上游开去。不知为何，船的经过让他关心起来，他睡不着了。老朱莉在院子外面叫，贝尼也醒了。

他说："轮船停了，有人来了。"

老朱莉低沉地叫着，又哀鸣了几声，然后就安静下来。

"一定是它认识的人。"

乔迪叫道："是奥利弗！"然后就从床上跳了起来。

他光着身子跑着穿过屋子。绒毛也醒了，大声叫着。

一个声音在高喊："出来，你们这些懒惰的旱鸭子。"

哈托奶奶从卧室里跑了出来，她穿着一件白色的长睡衣，戴着一顶白睡帽。奥利弗像公鹿一样一跳就跳上了台阶，奶奶和乔迪像旋风般奔过去。奥利弗抱起自己的妈妈在空中旋转，乔迪和绒毛都叫着想引起他的注意。接着，奥利弗又轮流抱起他俩旋转着，贝尼安静地加入了他们，他与奥利弗握着手。在朦胧的晨光中，奥利弗的牙齿闪着白光，而哈托奶奶却看到了另一种闪光。

"我要你的耳环，儿子。"

她踮起脚尖够到他的耳朵，拿下它们，戴到自己的耳朵上。奥利弗大笑起来。

贝尼说："我的天哪，乔迪，你怎么一丝不挂呀。"

乔迪愣了下，转身就跑，奥利弗捉住了他。

哈托奶奶说："我要是着急，也会光着身子出来的。奥利弗一年只回来两次啊。"

奥利弗提起旅行袋，把它拿进屋内。乔迪跟在他后面。

"你这次去哪儿了，奥利弗？你看到鲸鱼了吗？"乔迪着急地问。

贝尼说："让他喘口气，乔迪。"

但是，奥利弗已经开始说了。

"一个水手要回家的原因就是要看看妈妈，看看女朋友，再就是吹吹牛。"

他的船曾到过热带。乔迪和奶奶都向奥利弗提问，他也不停地回答。后来奶奶到厨房去做早餐了。奥利弗打开旅行袋，将里面的东西倒在地板中间。

奶奶说："我可不能一边做饭，一边看东西。"

奥利弗说："那么妈妈，你还是先做饭吧。"

"乔迪，快来烧火，再将火腿、熏猪肉、鹿肉都切成片。"奶奶喊道。

乔迪做完这些，又跑去找奥利弗了。太阳升起来了，屋子里充满阳光。奥利弗、贝尼和乔迪蹲着看那些倒出来的东西。

奥利弗说："除了乔迪，我给每个人都带了东西，我竟把他忘了。"

"你不会的，你从没忘记我。"

"那看你能否找到吧。"

乔迪看到一卷丝绸，那当然是给奶奶的。他将奥利弗的衣服推到一边，看到一个法兰绒的小包。奥利弗从乔迪手里拿走了它。

"这是给我爱人的。"

一个松开的袋子里面装满了玛瑙和透明的石头，乔迪把它放到一边，又拿起另一包东西嗅了嗅。

"是烟草！"

"给你爸爸的，从土耳其带来的。"

"怎么，奥利弗，还有我的啊。"贝尼打开了它，赞叹着。

乔迪捏到了一个狭长的、很重的东西。

"就是它！"

"你一定猜不出是什么。"

乔迪迫不及待地打开了它，一把猎刀掉到地板上，刀锋闪亮而锐利。

"这是一把刀吗？"乔迪盯着它看。

乔迪拿着刀，迎着阳光挥动着。

"丛莽里没有人有这样好的刀，"他说，"福里斯特兄弟们也没有。"

贝尼说："这正是我所希望的。我们不能让他们什么都比我们好。"

乔迪看到奥利弗手中的法兰绒小包，叫道："奥利弗，雷姆说温克·韦瑟比是他的爱人。"

奥利弗笑了，两只手将小包来回抛着。他说："他们从不说真话。没有人能抢走我的爱人。"

乔迪感到轻松了，他告诉了哈托奶奶和奥利弗，他良心上无愧了，而且奥利弗也没有惊慌。

乔迪注意到奶奶在吃早餐时没怎么碰她自己的盘子，而是把奥利弗的盘子装得很满，她一直在看着自己的儿子。奥利弗挺直身板坐在桌子旁，衬衫敞开的地方露出了古铜色的皮肤。他的头发像被太阳晒伤了，有些泛红。他的眼睛是乔迪所想象的大海的颜色，灰蓝中又带点儿绿色的闪光。

乔迪伸手遮住了自己的塌鼻子和长着雀斑的皮肤，又偷偷地摸着脑袋后的头发。他对自己不满起来，问道："奶奶，奥利弗生来就这么好看吗？"

贝尼说："我告诉你，我记得他小时候比咱俩都难看。"

奥利弗得意地说："别为这个烦恼，乔迪，你长大了会和我一样好看。"

"有你一半好看就行了。"乔迪说。

"你呢，乔迪？"奥利弗问道，"找到爱人了吗？"

贝尼说："怎么，你还没有听说，奥利弗？乔迪喜欢尤拉莉娅。"

乔迪愤怒不已，他真想像福里斯特兄弟们那样吼叫起来。他结巴着说："我恨女孩子，尤其是尤拉莉娅。"

奥利弗天真地问道："为什么，她怎么了？"

"我恨她那缩成一团的鼻子。她长得像只兔子。"

奥利弗和贝尼哄笑起来，互相拍打着。

奶奶说："你们别折磨他了，你们不记得你们自己的过去了吗？"

乔迪对奶奶心怀感激，怒气也消了。奶奶是唯一永远支持他的人。不，他想，这不对，贝尼也常常帮他打架。当他妈妈不讲理时，贝尼总是说："让他去吧，奥拉，我记得我是孩子时……"他想起爸爸只是在这儿，在这些好朋友面前才取笑他，当他需要帮助时，爸爸从未让他失望过。

于是他微笑着对贝尼说："我想你不敢告诉妈妈，说我有一个爱人。这比我养一只黄鼠狼更让她愤怒。"

奶奶说："你妈妈向你发火，是吗？"

"对我俩都发火，对爸爸更凶些。"

"她不感谢你爸爸，真是不知好歹。"哈托奶奶叹息着说，"一个女人非得爱过一两个坏男人，才会感激一个好的。"

贝尼谦逊地凝视着地板。乔迪想知道，哈托先生是好丈夫还是坏丈夫，但他不敢问。无论如何，哈托先生已经去世了很久。奥利弗站了起来。

奶奶说："你刚到家一会儿就要走吗？"

"就出去一会儿。我去转一圈，再和邻居们打个招呼。"

"去看温克，是不是？"

"当然啦。"他说，"贝尼，你们今天不回去吧？"

"我们做完交易就回去。奥利弗，我也不愿错过这周末的欢聚。我们周五来，是为了把鹿肉交给鲍尔斯，好卖给今天往北去的轮船。而我们又不能让奥拉一个人在家里等太久。"

奥利弗说："好吧，到时我去看你们。"

他戴上水手帽就走了，乔迪感到很寂寞。他感觉到，每次总是有事妨碍奥利弗讲故事。他愿意在河岸上坐一整个上午，听奥利弗讲故事，但他从未听够过。每次奥利弗刚讲了一两个故事，不是有人来了，就是奥利弗要去做别的事。

"我从未听他讲过一个完整的故事。"他说。

奶奶说："我也从未和他待得足够久。"

贝尼拖延着舍不得离别。

"我讨厌离开这儿，"贝尼说，"特别是现在奥利弗回来了。"

"奥利弗在我身边，又离开我时，我更想念他。"奶奶说。

乔迪说："都是因为温克。我才不要爱人。"

他对奥利弗的离开很愤怒，他们四个是一个亲密的团体，而奥利弗却把它撕得粉碎。贝尼享受着屋内的安静，用那外国烟草一次又一次地塞满了他的烟斗。

他说："我真舍不得离开这儿，但是我们不得不走。我们要去完成交易，而且要步行回家。"

乔迪沿着河岸走着，突然他看见伊西向木屋跑来。

伊西叫道："快叫你爸爸出来，不要让哈托夫人听到。"

乔迪飞快地跑过花园去叫贝尼。贝尼来到外面。

伊西气喘吁吁地说："奥利弗和福里斯特兄弟们打起来了。他先在店铺外打了雷姆，然后福里斯特兄弟们都上去打他，他们要杀死他了！"

贝尼朝那家店铺跑去，乔迪追不上他，伊西更是落在他们两人后边。

贝尼回过头来喊道："我希望我们能在奶奶带着枪赶来之前解决问题。"

乔迪喊道："爸爸，我们去帮奥利弗打架吗？"

"我们去帮被人家打的人打架，那就是奥利弗。"

他说："爸爸，你说过如果不和福里斯特家的人做朋友，没人能在巴克斯特岛待下去吗？"

"我是说过，但我不能看着奥利弗受伤。"

乔迪晕了，他觉得那是奥利弗应得的惩罚，他甚至对此有点儿高兴，也许奥利弗打架后就会回家。他不禁想到了草翅膀，他无法接受不能与他做朋友。

他朝着爸爸的背影叫道："我不去帮奥利弗打架。"

贝尼没有回答，快速地跑着。他们在鲍尔斯的店铺前的沙路上打架，这场架像夏季的热旋风一样，在前面卷起一团灰尘。乔迪还未看清打架的人，就听到了旁观者的呼喊，卢西亚镇上的所有人都在这儿了。

贝尼喘息着说："这些人就知道看热闹，也不管别人的死活。"

乔迪看见温克·韦瑟比在人群外站着。人人都说她漂亮，但他想把她那黄色的鬓发一绺绺地揪下来。贝尼推开人群，挤了进去。乔迪跟着他，紧紧地拽着他的衣角。

福里斯特兄弟们真是要杀死奥利弗啊。奥利弗同时对付他们三个：雷姆、米尔和巴克。他脸上满是血和尘土，正在小心地挥动拳头，试着一次只和一个人打。这时雷姆和巴克一起冲上去打他，乔迪听到一个沉重的拳头落在骨头上的声音。奥利弗倒在沙地上，人群惊叫起来。

乔迪困惑了。奥利弗离开家去找那个女孩，他是罪有应得，但三个人打一个人也不公平。妈妈说过福里斯特兄弟们很坏，他以前从没信过。他们唱歌、喝酒、作乐、大笑，他们用丰盛的食物款待他，又叫草翅膀和他一起玩。可是，这还不算坏吗？三个人打一个！不过，巴克和米尔是为了雷姆打架，这不是忠心吗？奥利弗跪了下来，然后又摇晃着站起来，他浑身血污还微笑着。乔迪的胃翻滚着，奥利弗快被杀死了。

乔迪跳到雷姆背上，抓他的脖子，重重地打他的头。雷姆挣脱了他，转过身，把他扔了出去。他的脸被打得很痛，屁股也摔得很疼。

雷姆骂道："给我滚开！"

贝尼高声叫道："谁要打架的？"

雷姆说："我们！"

贝尼挤到雷姆面前，他的声音压过了呼喊声："假使三个人打一个人的话，我就说这一个人是比较好的。"

雷姆凑近了他，说："我不想杀死你，贝尼。但要是你不让开，我就要不客气了！"

贝尼说："你们要真想杀死他，就开枪打死他，然后被判谋杀罪，做事要像个男人样！"

雷姆说："我们想和他一对一地打，可他先动起手来。"

贝尼说："谁先动手的？谁对谁干了什么事？"

雷姆说："他回来偷东西，他干的坏事。"

奥利弗用袖子抹着脸，说："想偷东西的是雷姆。"

第二章

"偷什么？是猎狗，是猪，是枪，还是马？"

在人群外面，温克·韦瑟比哭了起来。

奥利弗低声说："贝尼，这儿不是说这话的地方。"

"那么这是打架的地方？你们两个改天单打吧。"

奥利弗说："我可以和一个男人在任何地方打架，雷姆也说过的。"

雷姆说："我可以再说一遍。"

他们又打了起来，贝尼在中间阻拦，人群又呼喊起来。雷姆从贝尼的脑袋上方打到了奥利弗，这一击就像枪响一样，奥利弗应声倒在沙地上。贝尼挥拳向雷姆的下颌打去，巴克和米尔则从两旁扑向贝尼。雷姆用他的拳头打着贝尼的肋骨，乔迪被激怒了，他咬雷姆的手腕，用脚踢他的小腿。雷姆转过身来，一拳把乔迪打得双脚离地，乔迪感觉雷姆在半空中又给了自己一拳。他看见奥利弗摇晃着站了起来，贝尼的两臂挥动着，他还听见了一阵轰鸣。开始，那轰鸣声离得很近，然后逐渐消失了。他沉入一片黑暗中。

三 三个伤兵

乔迪想："我做梦打架了。"

他躺在哈托奶奶给客人睡的卧室里，注视着天花板。他才刚刚醒过来，似乎是做了奥利弗与福里斯特兄弟们打架的噩梦。他转头看向窗外驶过的船只，感到脖子和肩膀一阵刺痛。

他想："看来打架是真的。"

已经是下午了。乔迪感到自己很虚弱，并且头晕，一把摇椅在房间里嘎嘎作响。

奶奶说道："他的眼睛睁开了。"

他想循着声音看过去，但疼痛让他动弹不得。奶奶俯下身子。

他说："嗨，奶奶。"

"他跟你一样坚强，已经没事了。"奶奶对贝尼说。

贝尼出现在床的那一头，一只手腕扎着绷带，一只眼睛瘀青了。他笑着对乔迪说："我们帮了大忙呢，你和我。"

一块冰凉的湿布从乔迪额前滑落。奶奶拿走它，并把手伸到他脖子后面，小心地摸着他疼痛的地方。

乔迪问道："奥利弗在哪儿？"

"在床上。"

"他伤得重吗？"

"还没失去知觉。"

"我觉得，要是再挨上一拳，他就要没有知觉了。"贝尼说。

奶奶拿着那块布，离开了卧室。

贝尼说："我为你骄傲，乔迪。你看到朋友有麻烦时，能无畏地去帮他。"

乔迪看着太阳。

他想："福里斯特兄弟们也是我的朋友啊。"

贝尼像是看透了他的心思，说道："我们和福里斯特家关系大概是完了。"

乔迪感到难过，他不想失去草翅膀这个朋友。但如果这事重来，他还是会帮奥利弗的。许多人打一个人是不公平的。这就是他宁愿失去草翅膀，也要为奥利弗打架的原因。明白这个道后，他满意地闭上了眼睛。

奶奶端着一个托盘走进房间。

"现在，乔迪，看看能不能坐起来。"

贝尼将手塞到枕头下面，扶着乔迪慢慢地坐起来。乔迪觉得浑身僵硬而疼痛。

贝尼说："希望奥利弗能度过这一关。"

乔迪因为疼痛，只吃了一点儿东西。他倒在枕头上，一阵剧痛袭来，但过了一会儿他感到好些了。

贝尼说："我得先回去了，你妈妈该着急了。"

乔迪说："我想和你一起回去。"

贝尼的脸色明亮起来。

"儿子，你能行吗？我是这么打算的。鲍尔斯的母马能自己摸路回家，我们骑着它回去，然后再松开缰绳放它回来。"

奶奶说："如果他和你一起回去，奥拉看到他一定会觉得好过些的。正如我知道奥利弗在我能看见他的地方出事，总比在我看不见他的地方出事要好。"

乔迪慢慢地从床上下来，他还是有些眩晕，脑袋又胀又沉。

贝尼说："我看，乔迪真像个大人了。"

"我要和奥利弗告别吗？"

"当然啊。但不要说他现在有多难看，他是个很骄傲的人。"

他来到奥利弗房里。他看见奥利弗的眼睛肿得睁不开，一边的脸颊是紫的，一条白绷带包着他的脑袋，嘴唇也肿了起来，而这都是为了温克。

乔迪说："再见，奥利弗。"

奥利弗没有回答。

"我很抱歉，我和爸爸没能更早一点儿赶到。"

奥利弗说："到这儿来。"

乔迪走到床边。

"你能帮我做件事吗？告诉温克，礼拜二黄昏，我会在小树林里和她见面。"

乔迪愣住了，他喊了起来："我不去，我恨她。"

"好的，那我让伊西去，我以为你是我的朋友。"

做朋友真是件让人讨厌的事，他想。但他想起了那把猎刀，不禁充满了感激和羞愧之情。

"好吧。我虽然不愿意，但我会告诉她的。"

奥利弗笑了起来。

"再见，奥利弗。"

"再见，乔迪。"

乔迪离开了那房间，奶奶正在等他。

乔迪说："总是有些让人失望的事，不是吗，奶奶？奥利弗打架，而我们——"

贝尼说："儿子，礼貌点儿。"

奶奶说："事实上，他够有礼貌了。当公熊们怀着暴躁的心情去求偶时，总是会发生不幸的，但愿这是结局而不是开始。"

他们顺着小径穿过了花园。乔迪回过头，奶奶正站在那儿向他们挥手。

贝尼在鲍尔斯的店铺前停下来，去拿他们买的杂货和那只前腿，杂货都装到了一个袋子里。鲍尔斯很乐意将母马借给他们，他到畜

108

栏里牵出那匹马，又铺上一条毯子当马鞍。

"明天早上再放它回来。"他说，"它虽然能跑过一只狼，但我不希望一头豹子扑到它身上。"

乔迪偷偷地靠近鲍尔斯，他不愿意让爸爸知道奥利弗的秘密。

他低声说："我想去看看温克·韦瑟比，她住在哪儿？"

"你看她干什么？"

"我有些话要对她说。"

鲍尔斯说："我们这儿好多人都有话要对她说。唉，你还得等待机会。那位小姐溜上一艘运货汽船去森福了。"

乔迪很满意，就像他亲自赶走了她一样。他借了一张纸和一支铅笔，给奥利弗写了一张字条。这是件困难的事，因为除了爸爸教给他的东西，他只在一个教师那儿学了点儿知识。他写道："亲爱的奥利弗，你的温克，已乘船到上游去了，我很高兴。你的朋友乔迪。"

他读了一遍，把"我很高兴"改成了"我很抱歉"。

渡船向丛林驶去，他注视着湍急的河流，思绪如河流一般汹涌。奥利弗从未让他失望过。福里斯特兄弟们也确实粗鲁。他觉得很孤独，但他坚信草翅膀不会变。还有他的爸爸，就像大地一样，永远也不会改变。

四　鹌鹑开始筑巢了

鹌鹑开始筑巢了。成群的鹌鹑正在配对，雄鹌鹑们发出了连续不断的求偶声。

六月中旬的一天，乔迪看见一对鹌鹑从葡萄架下跑出来。他很聪明，没有去跟踪它们，却在葡萄架附近寻找，直到他发现了那个窝，里面有二十个奶油色的蛋，他小心地不去碰它们。一个礼拜过去了，他到葡萄架下去看葡萄的长势，它们嫩绿而茁壮。忽然，有东西在他脚边动。那窝蛋已经孵出来了。

乔迪跑去找贝尼。

"爸爸，鹌鹑在葡萄架下面孵出来了，葡萄也开始长出来了。"

贝尼靠在犁杖的扶手上休息，浑身是汗。他望着田野远处，一只鹰飞得低低的，正在寻找猎物。

他说："如果鹰不抓鹌鹑，浣熊也不来偷吃葡萄，那么在第一次霜降前后，我们就可以美餐一顿了。"

乔迪说："我最讨厌鹰吃鹌鹑，浣熊偷吃葡萄倒无所谓。"

"那是因为你更喜欢鹌鹑肉。"

"不是的。是因为我讨厌鹰，喜欢浣熊。"

"小猪们回来了吗，儿子？"

"还没有。"

贝尼皱起了眉头。

"最好不是福里斯特兄弟们抓了它们，它们可从来不会出去这么久。等我干完这点儿活，我们带瑞波和老朱莉去找它们。"

"要是福里斯特兄弟们真抓了它们，我们怎么办呢？"

"该干什么干什么。"

"要是又打起来怎么办？"

"那就只好认命了，跟他们打。"

"我宁愿让福里斯特兄弟们抢走我们的猪。"

"那么就不吃肉了？你想到处去乞讨？"

乔迪犹豫了。

"我不愿意。"

"那么去告诉你妈妈，请她早些准备晚餐。"

乔迪回到家里时，妈妈正坐在阴凉的门廊里做着针线活。

"妈妈，爸爸说现在就准备晚餐，我们要去找猪。"

"时间差不多了。"她停下了针线活。

"我们可能要遇到福里斯特兄弟们了，妈妈。"

"好，那就勇敢地面对那些黑心的小偷。"

"我们可能会再次挨打和流血的，妈妈。"

奥拉不耐烦地将缝补的东西折叠起来，说："唉，但我们必须找回我们的小猪。如果你们不去找，谁去找呢？"

111

她走进屋去，乔迪听到她敲击着锅盖。他又困惑了，妈妈平时常说责任，他讨厌这个字眼。要是帮助奥利弗是他的责任，那么为了找猪，再被福里斯特兄弟们打一顿，为什么也是他的责任呢？他觉得，为朋友流血总比为了一片熏猪肉流血要好得多。

　　乔迪听到铁链挽具的响声，知道是贝尼回来了。他跑上前给贝尼开牲口棚的门，帮他卸下马具，又爬上梯子进入堆草料的顶棚，扔了一捆扁豆秸在恺撒的饲料槽里。他发现还有一捆豆秸，就把它扔给了屈列克赛，这样明早就能有更多的牛奶了。乔迪觉得顶棚里又闷又热，就在秸草上躺了一会儿，妈妈叫他时，他才爬下来。贝尼已经挤完了牛奶，他们一起回到屋里。晚餐已经摆在桌子上了，虽然只有酸牛奶和玉米面包，但已足够他们吃了。

　　妈妈说："你们俩出去，弄些肉回来。"

　　贝尼点点头说："我特地带了枪。"

　　他们向西出发了。太阳还挂在树梢上，已经好几天没有下雨了，可现在北方和西方，云堆得很低。

　　贝尼说："今天下一场雨，我们就有玉米可收了。"

　　一点儿风也没有，沙地烫着乔迪的光脚，瑞波和老朱莉低着头，无精打采地走着。在久旱的松土中追寻猪的足迹是困难的。贝尼的目光比老朱莉的嗅觉还敏锐，在离巴克斯特岛近五千米的地方，贝尼蹲下察看足迹。他捡起一粒玉米放到手掌上，然后指着一匹马的蹄印，说：“他们在引诱那几头猪呢。”

他直起腰来，脸上神色严肃，乔迪则焦急地看着他。

“那么，我们只得跟过去了。”

“跟到福里斯特家去吗？”

贝尼说：“跟到有猪的地方去。我能理解福里斯特兄弟们打奥利弗，也能理解他们打你和我的原因。但我怎么也不明白，他们怎么会这么卑鄙。”

前面四百米的地方，有一个简陋的捕猪机关。

“他们当时一定就在附近等着，”贝尼说，“因为这样的畜栏关不了猪多久。”

一辆大车曾停在畜栏的右边，车辙通向一条去福里斯特家的路。

贝尼说：“儿子，我们走这条路。”

五　爸爸被响尾蛇咬了

太阳已接近地平线，一条野葡萄藤横在有浅浅车辙的路中央，贝尼俯身去拉开它。

贝尼说：“当有麻烦在等着你时，你最好去面对它。”

突然，一条响尾蛇毫无征兆地在葡萄藤下咬了贝尼一口。乔迪看见一个模糊的影子一闪，比飞燕还要敏捷，比熊爪的攻击还要准确。爸爸向后退，乔迪听见他大叫了一声。他也想向后退，但他像钉在沙地上一样动弹不得。这好像是闪电的攻击，而不是一条响尾蛇。

贝尼大喊："向后退！拉住狗！"

爸爸的声音唤醒了他，他向后退，抓牢猎狗。他看见一个带有斑点的影子抬起了它扁平的头，约有膝盖那么高。蛇头跟着爸爸缓慢的动作向两边移动，他还听到咯咯的响声。狗也听到了，它们嗅到了气味，浑身的毛都竖了起来。老朱莉悲鸣着，转身跑了，瑞波站起来大声叫着。

贝尼退了回来，动作十分缓慢。响尾蛇的蛇尾又响了。贝尼把枪举到肩头开了火。响尾蛇痛苦地扭动着，头部钻入了沙土中，挣扎了一会儿，便一动不动了。

贝尼转身看着他颤抖着的儿子，说："它咬中了我。"

他举起右臂看了看，干燥的嘴唇颤抖着。他目瞪口呆地看着手臂上的两个小孔，每个小孔里都有一滴鲜血渗出来。

"这是一条很大的响尾蛇。"贝尼说着，脸色灰白，"死神要来接我了。"

他舔舔嘴唇，快速地转身，向家的方向前进。他穿过了矮矮的橡树、光滑冬青、扇形棕榈。乔迪喘息着跟在后面，心跳得厉害，以至于他竟不知道要去哪儿，只是跟着爸爸。忽然，密林到头了，一小片橡树围成了一块空地。

贝尼忽然停下来，前面一阵骚动，一只母鹿跳了起来。贝尼深吸了一口气，感觉轻松了些。他举起猎枪，瞄准了它的头部。乔迪觉得爸爸真是疯了，现在可不是打猎的时候。贝尼开火了，母鹿应声倒下，一会儿就不动了。贝尼跑向它，从刀鞘中抽出他的猎刀，乔迪觉得爸爸真的疯了。贝尼没割鹿的咽喉，而是用刀插入它的肚子。他把鹿整个剖开，它的心脏还在跳动。贝尼又割了几下取出肝脏。他跪下来，将刀换到左手。他看着右臂上那两个小孔，它们已经闭合了，前臂肿胀而发黑。他的前额直冒汗。他迅速将刀刺入伤口，一股黑血涌了出来，他连忙把温暖的鹿肝压在伤口上。

他小声说："我能感到它在吸……"

他压得更紧了，等他把肝拿下来一看，它已经变成了有毒的绿色。他将它翻过来，把另一面再压在伤口上。

他说："割一块心给我。"

乔迪从震惊中清醒过来，他找到猎刀，割下一块心。

贝尼说："再割一块。"

他一块又一块地依次贴在伤口上。

过了一会儿，他说："给我那把刀。"

他接过刀，在手臂肿胀得最厉害的地方，又割了一刀。

115

"爸爸，你会因流血过多而死的。"乔迪喊了起来。

"我宁愿流血而死，也不要肿胀而死。"

他脸上汗如雨下。

贝尼拿开贴在手臂上的肉片，它不再是绿色的了。

他站了起来，镇静地说："我没有更好的办法了。我现在回家，你到福里斯特家去，叫他们骑马到白兰溪镇去请威尔逊大夫。"

"你想他们会去吗？"

"碰碰运气吧。"

贝尼转身继续前进，乔迪跟在后面。忽然，身后响起沙沙声。他回头一看，竟是一只带斑点的小鹿，它的眼睛睁得大大的，充满了好奇。

他叫起来："爸爸，那母鹿有一只小鹿。"

"儿子，我要撑不住了，快走吧。"

乔迪犹豫起来。

贝尼叫道："走呀，儿子。"

乔迪追上了他。

在路口贝尼停了一下，说："告诉他们走这条路到咱家来。如果我走不完这条路，他们也能救起我。快去吧。"

乔迪开始奔跑起来。贝尼则怀着绝望的心情，朝巴克斯特岛蹒跚着走去。乔迪顺着车辙拐向了去福里斯特家的一条路，那条路由于经常使用，已经不长杂草或青草了。他快速地挪动着双脚，这样一段时间后，他发现周围的环境很熟悉——这儿离直通福里斯特家的大路不远了。他不禁感到一阵轻松，同时又有点儿害怕，他害怕福里斯特兄弟们拒绝他。如果他们拒绝帮助他，而且让他安全地离开，那么他到哪儿去呢？他在橡树的树荫下面停了一会儿，心里盘算着。太阳像是快要落山了，但他断定还没到天黑的时候。他想到他可以叫他的朋友草翅膀出来，这样他就有机会向屋子靠近些，以便说出他的使命。想到草翅膀的眼睛会因为他的不幸而充满柔情，他才觉得好过些。他深吸一口气，然后狂奔起来。

他喊道："草翅膀！草翅膀！我是乔迪！"

可是，没有人回答。他闯入打扫过的沙土院子。

"草翅膀！"

屋子里已经点起了灯，门和窗户都紧闭着，以防蚊子进到屋里。门开了，在灯光下，他看见福里斯特兄弟们一个个站起来向他逼近，他站住了。雷姆走到门廊前，他低下头看了看，认出了这个闯入者。

"你这个小杂种，来这儿干什么？"

乔迪结巴地说："草翅膀——"

"他病了，你不许看他。"

他哭了起来，说道："我爸爸……他被蛇咬了。"

福里斯特兄弟们走下台阶，围住了他。他大声地哭着，为可怜的爸爸，也为了自己。因为他终于到了这里，完成了使命。

"他在哪儿？是什么蛇！"福里斯特兄弟们骚动起来。

"一条很大的响尾蛇。他正朝家里走，但他不知道是否能走到。"

"他身上肿了吗？咬在什么地方？"

"咬在手臂上，已经肿得很厉害了。求求你们骑马去请威尔逊大夫，求求你们快些骑马去找我爸爸。我再也不帮着奥利弗了。求求你们。"

雷姆大笑起来。

巴克说："现在可能没救了。响尾蛇咬在手臂上，人立刻就会死的，在威尔逊大夫赶到之前他恐怕就死了。" ·

"但他打死了一只母鹿，用肝吸去了毒液。求求你们去请大夫。"

米尔说："我骑马去请大夫。"

"谢谢你。"

"不用谢。即使是狗被蛇咬了，我也会救的。"

巴克说："我骑马去找贝尼。一个被蛇咬了的人不该自己走路。"

巴克和米尔转身到畜栏去牵马。他们悠闲地走着，这可急坏了乔迪。他们就像是要去埋葬贝尼似的，慢悠悠的，哪里像去救人啊。他孤单地站着，想在离开前看一下草翅膀。

雷姆走到门口叫道："去你的，你这个小杂种。"

艾克说："别折磨他了，他的爸爸快要死了。"

雷姆说："死了倒好，傲慢的矮脚鸡。"

他们走进屋子，关上了门。乔迪感到很恐惧，所有的人可能都不想帮他吧。巴克和米尔去马厩，也许只是寻开心。他被抛弃了，他爸爸也被抛弃了。最后，那两个人终于骑着马跑了出来，巴克还善意地朝他举起了手。

"着急也没用，孩子，我们会尽力的。别人有难时，我们不会记仇的。"

他们用脚跟踢着马肚子飞驰而去，乔迪的心情轻松了些。只有雷姆还是敌人。他倾听着，直到马蹄声消失了，才开始往家里走去。

有雨点从他头上掠过，周围寂静极了，暴风雨也许就要降临整个丛林了。他几乎忘记了自己还带着爸爸的枪，他将它挂到肩膀上，急速前进。他想知道米尔跑到白兰溪要多长时间，他想知道那个爱喝酒的老大夫醉到了什么程度，如果他能从床上坐起来，那么他就可以出诊了。

在他很小的时候，曾经到过老大夫的住处一次。他住在密林中央带有阳台的房子里，房子正在腐朽，就像老大夫正在衰老一样。他记得，在那所房子里，蟑螂和壁虎多得像外面浓密的葡萄藤一样。他还记起了老大夫醉得不成样子，躺在一顶蚊帐中，注视着天花板。当有人来找他时，他就爬着站起来，摇摇晃晃地去给人看病，但他的心和手都是柔软的。不管他喝不喝酒，他都是个远近闻名的好大夫。

如果他能及时赶到，乔迪想，爸爸就一定有救了。

他从福里斯特家的小路转入了通向东边他父亲那片土地的大道。前面还有两千米路，他用一个多小时就能走完它。但沙地是松软的，极度的黑暗似乎也在阻拦他，使他脚步不稳，他能在一个半小时内到家已算不错了，也许要用两个小时。他小跑起来。空中的闪光射入黑暗的丛林，如同一只蛇鹈钻入河里一般。路两旁的植物逼得更近了，因此路也变得更狭窄了。

他听到了东边传来的雷声，一道闪电照亮了整个天空。他从来不怕夜晚和漆黑，因为贝尼总是走在他前面，但现在他孤独了。他想到，中毒的爸爸是不是正在他前面的路上躺着，也可能已经躺在巴克的马鞍上了。又一道闪电划过。在橡树下，他曾和爸爸一起度过多次暴风雨，那时候的雨是友好的，因为那时他和爸爸拥抱在一起。

灌木丛中传来一阵咆哮，有动物迅速地从路上闪过。他的心怦怦直跳。他摸着爸爸那杆枪的枪膛，枪已没用了，因为两发子弹都用完了，一发打响尾蛇，一发打母鹿。他的腰间有爸爸的猎刀，但他还是希望有奥利弗送他的长猎刀。

不管是什么野兽，它都已经走远了。乔迪加快了脚步，在匆忙中不断跌倒。风渐渐大了起来，他感到风像一堵移动的墙，正在快速靠近。大树的树枝猛烈地摇动着。只听一声巨大的怒吼，暴风雨劈头盖脸地向他袭来。

他低下头来躲避。一瞬间，他浑身都被雨淋透了。他的衣服沉沉地往下掉，使他难以前进。他停下来，脱下衬衫和裤子，把它们卷成一捆，然后拿起枪，光着身子在暴风雨中继续前行。他是孤独的，光着身子被人遗弃在黑暗和暴风雨中。他想到自己的爸爸可能死了，或者快要死了，他难以承受这种痛苦。他跑得更快了，想摆脱这种痛苦。贝尼是不能死的。狗可以死，熊、鹿和其他动物都可以死，因为它们离自己很远。但爸爸不能死，失去了贝尼，就没有了大地，失去了贝尼，就什么也没有了。他从不曾如此害怕，他开始哭起来。

他哀求着黑夜，就像他哀求着福里斯特兄弟们一样。

"求求你……"他的喉咙十分疼。

闪电照亮了前路，风吹到他身上比雨还要寒冷，他哆嗦着站起来继续向前走。风渐渐弱了，暴风雨变成了连绵细雨，他觉得他会一直走下去。但不知不觉，他已走过那灰岩坑，到达了自家的田地旁。

巴克斯特家的木屋被烛光照亮。他走进屋内，没有欢迎他的声音。巴克和米尔坐在壁炉旁，向后斜靠在椅子上，随意地聊着。他们看了他一眼，说了声"嗨，孩子"，就继续他们的谈话了。

"图威特老头被蛇咬死时，巴克，你没在场。贝尼就是喝威士忌，也不见得会好。图威特老头踩到响尾蛇时，正醉得像个傻瓜呢。"

"是啊。如果我被蛇咬了，我希望我当时也喝醉酒了。我宁可醉死也不愿清醒着。"

米尔向壁炉中吐了口痰。"不用担心,"他说,"你会醉死的。"

乔迪很害怕,他不敢问他们什么。他经过他们身边走进爸爸的卧房,妈妈正坐在床的一边,威尔逊大夫坐在另一边,老大夫没回头。妈妈看到他,就静静地站了起来。她走到一个衣柜前,拿出洗好的衬衫和裤子给他。他放下湿衣服,把枪靠在墙上,然后走到床边。

贝尼正在床上折腾。乔迪心跳得厉害。贝尼的脸又黑又肿,他极其痛苦地呕吐着,然后喘息着又躺了回去。大夫将手伸到被子里,拿出一块用法兰绒裹着的砖头,把它递给妈妈,妈妈就到厨房里去烧那块砖头了。

乔迪小声问:"他很严重吗?"

"他确实很严重。有时我感觉他已经熬过去了,但不一会儿,又感觉不行了。"

贝尼睁开肿胀的双眼,移动了一下胳膊,那胳膊已经肿得和牛的大腿一样粗了。

他呢喃道:"你回来了。"

乔迪摸索着穿上衣服。

大夫点点头说:"这是好兆头,他还认识你。这是他第一次讲话。"

乔迪觉得既痛苦又甜蜜。在这样的痛苦中,爸爸还在关心他。贝尼不会死的,不会的。

老大夫向厨房喊道:"现在让我们给他些热牛奶试试。"

由于有了希望，妈妈开始抽泣，乔迪去帮她的忙。

她呜咽着说道："为什么要惩罚我们，假如他真的死了……"

乔迪说："不会的，妈妈。"可他的脊梁骨也直发凉。

他到外面去拿木柴来烧旺炉火。暴风雨正向西移去，在东方，夜空明亮，繁星闪烁。

他抱了些干的木柴进了屋，说："明天会是个好天，妈妈。"

"要是明天他还活着，那才是好天呢。"她的眼泪夺眶而出，"你把牛奶端进去吧。"

他小心地把热牛奶端进屋，大夫接了过去，坐在靠近贝尼的床边。

"孩子，扶起你爸爸的头，我来用汤勺喂他。"

贝尼的头很沉重，乔迪吃力地用手臂托着它。贝尼的呼吸也很沉重，他的脸变了颜色，苍白中泛着绿色。

大夫说："张开你的嘴，不然我就让福里斯特兄弟们来撬开。"

肿胀的嘴唇分开了，贝尼咽了些牛奶下去。之后，他把头转到一旁。

贝尼全身都出汗了。

大夫说："太好了！中毒后出汗是好事。"

妈妈端着两个盘子走进卧室，上面是茶和饼干。大夫拿了他的那份，放在膝盖上。

他说："这茶不错，但没威士忌好喝。一个好人被蛇咬了，而

第三章

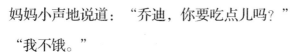

且整个乡镇都没有威士忌。"

妈妈小声地说道："乔迪，你要吃点儿吗？"

"我不饿。"

大夫说："上帝保佑他不要把牛奶吐出来。"

贝尼已睡熟了。

乔迪走进前屋，巴克和米尔已经躺在鹿皮地毯上了。

乔迪说："妈妈和大夫在吃东西，你们饿吗？"

巴克说："你来时，我们刚吃过晚饭。你不用管我们，我们在这儿等结果。"

乔迪蹲了下来，想和他们聊聊，聊聊狗、枪和打猎的事，但巴克已经打起鼾了。于是，他踮着脚尖来到爸爸的卧房，大夫正靠在椅子上打瞌睡，妈妈在摇椅上摇了一会儿，也停下来打起了瞌睡。

现在只有他守着爸爸了。如果他能保持清醒，用自己的呼吸带动爸爸呼吸，和爸爸一起呼吸，爸爸就一定能活下去。他坐在地板上，头靠在床边，开始回想这一天的经历。他体会到，很多事，独自一人面对是可怕的，但和爸爸一起面对就不可怕了。

他又记起那三角形的头和那闪电般的攻击。他知道了，以后到树林里一定要警觉。他想起爸爸冷静的射击和狗的恐惧，想起母鹿和它的内脏贴在伤口上时的恐怖画面，他还想起了那只小鹿。他猛地坐了起来。小鹿正在黑夜里孤单地徘徊，它失去了妈妈，在大雨和闪电中受着冻、挨着饿。他不禁将脸埋在被子里哭了起来。对死亡的憎恨，对孤独的同情，慢慢地将他的心撕裂。

乔迪做了个可怕的梦，梦中他与爸爸一起对抗一窝响尾蛇。它们爬过他的脚，拖着尾巴上的响环，发出轻轻的响声。那一窝蛇又变成一条巨蛇，向他的脸逼近了，他想叫却叫不出来。他找贝尼，只见贝尼躺在响尾蛇的身下，睁着眼睛望向漆黑的夜空。他的身体肿得像熊一样，已经死了。乔迪开始一步步向后退，远离那条蛇，但是他的脚像被黏住了似的动弹不得。忽然，蛇消失了，他孤单地站在一片空地上，怀里抱着那只小鹿。贝尼不见了，他痛苦不已，随即哭醒过来。

他在坚硬的地板上坐了起来。新的一天开始了，他想起了贝尼，于是爬起来去看他爸爸。

贝尼的呼吸已顺畅多了，但身上还是肿胀的，并且一直在发热，但看上去并不比被野蜂蜇了以后更糟。妈妈和老大夫都还在睡觉。

乔迪轻声叫道："大夫！"

大夫咕哝着抬起头来："什么事？"

"大夫，你看看我爸爸！"

大夫俯下身看看贝尼，说："感谢上帝，他已经熬过来了。"

妈妈问："什么？"她忽地坐直了，"他死了？"

"没有啊。"

她又哭了起来。

大夫说："你真是自寻烦恼啊。"

她说："你不知道，他要是真的离开我们，我们怎么办啊？"

乔迪从来没有听她说过这么温柔的话。

大夫说："你还有一个人啊。你看乔迪，他已经可以耕种、收割和打猎了。"

她说："乔迪是好，但他还是个孩子，只知道闲逛和玩耍。"

乔迪低下了头，因为这的确是事实。

她说："他爸爸还鼓励他呢。"

大夫说："那很好啊，孩子有人鼓励是幸福的，大多数人过日子可没人鼓励。太太，等他醒来时，再给他灌些牛奶。"

乔迪热切地说："妈妈，我去挤牛奶。"

她满意地说道："是时候了。"

乔迪穿过前屋。巴克坐在地板上，正睡眼惺忪地揉着脑袋，米尔依旧熟睡着。

乔迪说："大夫说，爸爸已熬过来了。"

"真该死。我还准备帮着埋葬他呢。"

乔迪来到屋子边上，从墙上取下牛奶瓢。他感到自己和那个牛奶瓢一样轻，感到自己已经解放了。清晨是静谧的，阳光开始照进田地。他推开牲口棚的门，屈列克赛听到他进来，哞哞地叫着。当他笨拙地挤牛奶时，它曾抬起后腿吓唬他。他没有爸爸挤得多，于是他决定自己不喝牛奶，都给爸爸喝，直到他好了为止。

小牛也在吮吸着母牛的奶，这让乔迪想起了那只小鹿，今天它一定饿坏了。他想知道，它会不会去吮吸它妈妈冰凉的乳头。死鹿的肉可能会引来狼群。也许它们已经发现小鹿，而且把它撕得粉碎了。他惦记着小鹿，无法安心。

他妈妈接过牛奶瓢，并没说什么。她滤好牛奶，倒了一杯，拿到病房中去，乔迪跟着她。

贝尼已经醒了，他低声道："死神还得等我一会儿。"

大夫说："你可真算是响尾蛇的亲戚。我真不知道，没有威士忌你是怎么挺过来的。"

贝尼低语道："大夫，我是蛇群的王。你应该知道，一条响尾蛇是杀不死蛇王的。"

巴克和米尔走进房间，他们在微笑。

巴克说："你看上去不太好，贝尼，但感谢上帝，你还活着。"

大夫把牛奶端到贝尼嘴边，他很饥渴地喝着。

大夫说："这次救你，我没什么把握，但你的死期未到。"

贝尼闭上了眼睛，说："我能睡一个星期。"

大夫说："我也希望如此。我没什么能帮你的了。"

妈妈说道："那谁来干农活啊？"

巴克说："他都干什么活？"

"主要是玉米，收割前得锄一遍地。土豆地也得锄。乔迪干得很不错，就是不能坚持。"

"我会坚持的，妈妈。"

巴克说："我会留下来帮你们的。"

她不安地说，"我不想欠你们的情。"

"太太，到这儿谋生的人不多。不留在这儿，我就不是个够格的男子汉。"

她温和地说："那谢谢你啦。"

大夫说："自从我妻子死后，这是我最清醒的时候。我想在这儿吃过早饭再走。"

奥拉去厨房忙碌了，乔迪去生火。

她说："我从没想过我会欠福里斯特家的人的恩情。"

"妈妈，巴克是朋友。"

"看来是那样。"

她在咖啡壶中灌满水，又将新鲜的咖啡加了进去。

她说："到熏房去，把最后一点儿熏猪肉拿来。"

乔迪拿来了熏猪肉，她让他把肉切成片。

他说："妈妈，爸爸打死了一只母鹿，用肝吸出了毒汁。"

"你应该带一个后腿回来。"

"那时哪儿有时间想这个啊。"

"那倒也是。"

"妈妈，那只母鹿有一只小鹿。"

"大多数母鹿都是有小鹿的。"

"那只特别小，像是刚生下来的。"

"好了，别说了，把桌子摆好。"

妈妈忙着做玉米饼和肉羹，咖啡也沸腾了。

"叫他们洗干净手，来吃早饭。"她说。

三个男人到外面的水架旁，往脸上泼着水，又搓搓手。乔迪给他们拿了一条干净毛巾。

大夫说："我要是清醒时也不觉得饿就好了。"

米尔说："威士忌也是食物，我能喝威士忌过活。"

大夫说："自从我妻子死后，我大概就是这样过的，已经有二十年了。"

乔迪为自己家的这桌食物感到骄傲。虽不像福里斯特家的那么丰富，但数量很充足，男人们贪婪地吃着。终于，他们推开自己的盘子，点起了烟斗。

米尔说："今天好像是星期天，是吗？"

妈妈说："生病时大概就像过星期天，大家聚在一起，男人们也不用干活。"

129

乔迪从没看过妈妈这样和蔼，她怕大家吃不饱，就等着男人们吃完才坐下来慢慢吃。男人们闲聊着。乔迪又想起了那只小鹿，他从桌旁溜开，来到爸爸的床边。贝尼正躺着休息，他睁开了眼睛。

　　乔迪说："你觉得怎么样，爸爸？"

　　"挺好，儿子。我这是死里逃生啊。"

　　"我也这么认为。"

　　贝尼说："我为你骄傲，儿子。你能保持冷静的头脑，做完该做的事。"

　　"爸爸……"

　　"嗯，好孩子。"

　　"爸爸，你还记得母鹿和小鹿吗？"

　　"我永远也忘不了它们。那可怜的母鹿救了我啊。"

　　"爸爸，那只小鹿可能还在那儿。它一定很饿，而且可能被吓坏了。"

　　"我也这样想。"

　　"爸爸，我已经长大了，不用再喝牛奶了，我这就出去找小鹿好吗？"

　　"把它带回来？"

　　"并且把它养大。"

　　贝尼静静地躺着，注视着天花板。

"儿子，我不知道怎么回答你。"

"爸爸，养大它要不了多少食物，它不久就能自己找树叶吃了。是我们夺走了它的妈妈，我们应该自责。"

"我们不能让它饿死，对吗，儿子？"

"我能和米尔骑马回去找它吗？"

"告诉你妈妈，就说是我让你去的。"

乔迪偷偷地溜回桌旁坐下来，他妈妈正在给每一个人倒咖啡。

他说："妈妈，爸爸说我可以去把小鹿带回家。"

她怔了一下，手中的咖啡壶停在了半空中。

"什么小鹿？"

"它是我们杀死的那只母鹿的孩子，我们用母鹿的肝吸去毒汁，救了爸爸。"

她喘息着说："老天……"

"爸爸说，让它饿死，我们就是忘恩负义。"

威尔逊大夫说："是啊，太太。世界上没有什么东西是免费的，孩子和他爸爸都是对的。"

米尔说："他可以和我一起骑马回去，我可以帮他找找。"

奥拉无助地放下咖啡壶。

男人们都站了起来。

大夫说"我希望他的病快点儿好，太太。但如果他的病情恶化了，

131

你知道在哪儿能找到我。"

她说："好的。我们用什么来回报你呢，大夫？我们不能立刻付钱，但收割后……"

"付什么钱？我又没做什么，我来之前他就已经脱险了。我还在这住了一夜，吃了一顿丰盛的早餐。只要在收甘蔗时给我送些糖浆就行了。"

"你真是个好人，大夫。"

"嘘，太太，你有个好男人呢，为什么别人就不能对他好呢？多给他喝些牛奶，然后给他吃些青菜和鲜肉，如果有的话。"

巴克说："我和乔迪会想办法的。"

米尔说："来吧，孩子，我们骑马去找小鹿。"

妈妈焦急地问："你们不会去太久吧？"

乔迪说："晚饭前一定回来。"

"不到晚饭时间，"她说，"你们是不会回来的。"

大夫说："那是男人的天性。只有三样东西能让男人回家——他的床，他的女人和他的一日三餐。"

巴克和米尔狂笑起来。他们到外面去给马饮水，并从本就不充足的谷仓里拿了些干草来喂它们。

巴克对乔迪说："你们巴克斯特家就靠这些过日子？"

大夫说："巴克斯特家只有贝尼一个人干活。当乔迪长得和他一般高时，他们就富裕了。”

米尔骑上马，让乔迪坐在他后面。大夫也骑上马，却朝相反方向驰去。乔迪向大夫挥手告别，他心里很愉快。

他对米尔说："你觉得小鹿还在那儿吗？你能帮我找到那只小公鹿吗？"

"只要它活着，我们就能找到它。你怎么知道它是只公鹿？"

"它的斑点是排成一行的。爸爸说，母鹿的斑点是乱乱的，毫无规律。"

"那就是母的。"

"你这是什么意思？"

"女的总是不可靠的。"

米尔拍了下马的腹部，马开始小跑起来。

"当我们和奥利弗打架时，你和你爸爸为什么插进来？

"奥利弗吃亏了。你们一群人打他一个不公平。"

"你是对的。这是雷姆和奥利弗的事，应该让他们自己解决。"

"可一个爱人不能属于两个人呀。"

"你不懂什么是爱人。"

"我恨温克·韦瑟比。"

"我也不想见到她。在葛茨堡，有个寡妇对我就很忠诚。"

这些事太复杂了，乔迪不愿去想，只是想着小鹿。

他们经过荒废的土地，乔迪说："抄到北边去，米尔。爸爸就是在那儿杀死了那只母鹿，我就是在那儿看见了小鹿。"

"你和你爸爸到这儿来干什么？"

乔迪犹豫了一下说："我们在找我们的猪。"

"哦……找你们的猪啊。好了，不要为那些猪担心了。我想，它们日落时就会回家的。"

"那爸爸妈妈会很高兴的。"乔迪说，"告诉我草翅膀的情况，好吗？他真的病了吗，还是雷姆不想让我见他？"

"他是真的病了。他和别人不一样，他好像能把空气当水喝，把动物饲料当熏肉吃。"

"他看到的东西也很特别，不是吗？比如说，西班牙人。"

"是的。但要不是年代太久了，他真会让你相信他的话。"

"雷姆会让我去见他吗？"

"我可不敢说。哪天雷姆出去了，我会捎信儿给你的，好吗？"

"我真想见草翅膀啊。"

"你会见到他的。现在你要到哪儿去找小鹿呢？"

乔迪忽然不想和米尔在一起了。如果小鹿死了，或者找不到它，他不想让米尔看到他的失望。如果小鹿在那儿，那场景将是美好而秘密的，他也不想和米尔分享。

他说："应该不远了。可是这儿的树林太密，马进不去。我可以走着去找。"

"可是我不能离开你，孩子。如果你走丢了，或者被蛇咬了呢？"

"我会小心的。"

"好吧。但你要非常小心，多用棍子在扇形棕榈下探探，那里是响尾蛇的天堂。这里是北面，你知道哪里是东边吗？"

"远处那些高大的松树能为我指明方向。"

"对了，要是遇到了麻烦，你或者巴克就骑马来找我。再见。"

"再见，米尔，谢谢你。"

乔迪挥手和米尔告别。

六　乔迪收留了小鹿

乔迪等到马蹄声消失了，才抄近路走向右边。丛林里静悄悄的，他折下一根树枝，深入那些草丛中探索着。他来到橡树林中的那块空地，许多秃鹰正围着母鹿的尸体，它们转过头来，朝他大声地叫起来。他将手里的树枝扔向它们，它们立刻飞到附近的一棵树上。沙土上留有爪印，他不能判断那是野猫的还是豹子的，但母鹿一定被它们撕咬过了。他绕过尸体，来到他看见小鹿的地方，把乱草拨开仔细找，小鹿已经不在那儿了。他趴在地上，观察着沙土，寻找小巧一些的足迹，终于在一棵扇形棕榈下面找到了。他爬过那棵扇形棕榈。

他前面似乎有什么东西在动，他吃了一惊，急忙往后退，那只小鹿抬起头来和他撞了个对脸。它用水汪汪的眼睛注视着乔迪，乔迪浑身颤抖起来。小鹿也在发抖呢，但它并不想站起来或逃跑，乔迪也不想动弹。

他低语着："小鹿，是我呀。"

小鹿抬起它的鼻子嗅着他。乔迪伸出一只手，放在它柔软的脖子上，这触碰使他激动不已。他往前挪动，直到靠近它，用手臂抱住它的整个身体。小鹿的身体轻微地战栗着，但它没有动。他是那样温柔地抚摩着它，好像小鹿是瓷做的。它的毛皮比那只白色的浣熊的毛皮还要柔软，光滑而干净。他慢慢地站起来，把小鹿从地上抱起来，它并不比老朱莉重多少，它的腿十分细长，他必须尽量抬高臂膀，才能使它脱离地面。

他怕它一嗅到或见到母鹿就会挣扎，所以他沿着空地的边缘进入密林。身负重担地穿过密林是件困难的事情，小鹿的长腿不时地绊在灌木丛里，他也不能自由地抬起自己的双腿。小鹿的头随着他的步伐摇摆着，他为它接受自己的抚摩而惊喜。他到达小路后就尽量快地向前走，直到看见岔路口并走上了回家的大路。他把小鹿放下来休息，它看着他，呦呦地叫了起来。

他陶醉地说："我喘口气再带你走。"

他想起了爸爸的话：小鹿会跟着第一个抱它的人。他慢慢地走开，小鹿在后面盯着他。他走回到小鹿身边，抚摩了它几下，又走开了。它开始向他走来了，它是愿意跟着他的，它是属于他的，他兴奋不已。他想爱抚它，和它一起奔跑、嬉戏，呼唤它到身边来，但他不敢惊吓它。他抱起它，继续赶路，似乎觉得走路都毫不费力了。

他的胳膊开始痛了，只好停下来休息会儿。当他又开始走时，小鹿立刻跟着他。他让它走了一小段路，然后又把它抱起来走。回家这段路根本不算什么，像这样带着小鹿，看着它跟在后面，他简直可以走上一天一夜。他来到了玉米地，在那片玉米地里，他看到巴克正跟在恺撒后面扶犁。他摸索着门闩，不得不放下小鹿才开了门。他想，最好是让小鹿跟在他后面，直接走进贝尼的卧室，但到了门槛，小鹿却不肯跳上去，他只好抱着它来到爸爸床前。贝尼闭着眼睛躺在床上。

乔迪叫道："爸爸！你看！"

贝尼转过头来。乔迪正站在他旁边，小鹿紧紧地靠着他。贝尼觉得乔迪的眼睛就像小鹿的眼睛那般明亮。看见他们站在一起，贝尼面露喜色。

他说："你找到它了，我真为你骄傲。"

"爸爸，它一点儿也不怕我。它还是躺在母鹿为它做的窝里。"

"它们一生下来，母鹿就教它们那样做。当它们躺着时，你都

137

能踩在它们身上。"

"爸爸，我一放下它走开，它就跟上来了，像狗一样。"

"那不是很好吗？让我仔细看看它。"

乔迪把小鹿高高举起，贝尼伸出一只手来摸它的鼻子，它呦呦地叫着。

妈妈走进了房间。

"你看，妈妈，我找到它了。"乔迪高兴地喊道。

"我看到了。"

"它不漂亮吗，妈妈？"

"它太小了，还得给它喝好长时间的牛奶。我要知道它这么小，肯定不会让你收养它。"

贝尼说："奥拉，我想说件事，现在就得说清楚，以后也不再说了。小鹿在这个家里应该和乔迪一样受欢迎，我们要毫无怨言地用牛奶和肉把它养大。你回答我，以后是不是要因为小鹿争吵？这是乔迪的小鹿，就像老朱莉是我的狗一样。"

乔迪从来没有听过爸爸如此严厉地对妈妈说话。

她说："我只是说它很小。"

"好的。事情就这样。"

贝尼闭上了眼睛。他说："如果现在大家都满意了，那么请让我休息会儿。我一说话，心就直跳。"

乔迪说："我来给它准备牛奶，妈妈，不用麻烦你了。"

她没说话。乔迪走到厨房里，小鹿摇晃着跟在后面。早晨剩下的牛奶放在厨房的柜子上，他将牛奶倒入一个小瓢里，然后把它端了出去。一嗅到牛奶，小鹿立刻用头来撞他，他努力地不让牛奶溅到地板上。他把小鹿带到院子里，开始喂它，可它一点儿也没有要喝的意思。

乔迪将手指浸到牛奶中，然后放进小鹿柔软温润的嘴中。它贪婪地吮吸着，他一拿出手指，它就慌乱地叫起来，并且用头撞他。他又将手指浸了下牛奶，然后当它吮吸时，慢慢把手指放到牛奶中去。它不耐烦地蹬着它的小蹄子，只要他的手指在牛奶中，小鹿就感到满意。它像做梦似的闭上了眼睛，舌头吮着他的手指，他欣喜万分。牛奶都喝完了，小鹿却还是叫着，但过了一会儿它慢慢平静下来了。它忽然躺了下去，疲乏而满足。

乔迪开始想着给它搭个窝。他走到屋后的棚屋里，在沙地上清理出一个角落。他又走到院子北头的大橡树下，扯了不少西班牙苔藓。

他在棚屋内铺了一个厚厚的窝，一只母鸡就在旁边的鸡窝里，它一生下蛋就飞出门，咯咯地叫唤着，那窝还是新的，里面有六个鸡蛋。乔迪小心地收起鸡蛋，拿到厨房给妈妈。

他说："得到它们你一定很高兴。妈妈，这些是额外的鸡蛋。"

"这是件好事，但我们也多了张吃饭的嘴。"

他没有理睬妈妈的话，说："新的鸡窝就在我给小鹿铺的窝旁边。在棚屋里，小鹿是不会打扰别人的。"

她没有回答。他走到小鹿躺着的地方，把它抱到那个窝里。

"现在，你照我说的做。"他说，"你好好躺在这儿，直到我来看你。"

小鹿眨了眨眼睛，随即躺了下去。乔迪走出棚屋，来到柴堆旁，剥下松脂片用来生火。他抱了一大堆木柴，送到厨房的木柴箱里。

他说："草翅膀病了。"

"是吗？"

"雷姆不许我去看他。妈妈，为了奥利弗的爱人，只有雷姆还记恨我们。"

"嗯。"

"米尔说，雷姆不在的时候，他会想办法通知我，这样我就可以溜进去看草翅膀了。"

她笑了起来，说："你今天像个老太婆一样话多。"

她经过他身边去炉灶那儿时，轻轻地摸了摸他的头，说："我自己也很高兴。我没有想到你爸爸还能看到今天的曙光。"

厨房中一片安宁。一阵马具的叮当声响起，巴克从地里回来了。

乔迪说："我最好去帮他。"

实际上，是小鹿在吸引他离开屋子。他溜进棚屋去看小鹿，觉得它的存在和自己对它的拥有都是一个奇迹。他和巴克一起从牲口棚回来时，不停地说着小鹿。他叫巴克跟着他走。

他说："不要吓它。它就躺在那儿……"

巴克的反应没有像贝尼那样令他满意，他对草翅膀那些多样的宠物看得多了。

"它很可能会变野逃走的。"巴克说着走向水架去洗手，准备吃午饭。

乔迪打了一个寒战。巴克的态度比妈妈的还不好。他抚摩着小鹿，它摇动着头，吮吸着他的手指。巴克不知道他们已经如此亲密了。他离开小鹿，来到水盆边洗手。

妈妈弄湿自己的头发，并且梳好了才来吃午饭。她不是为了炫耀姿色，而是因为自豪。

她对巴克说道："我们家只有贝尼一个人干活，所以没有福里斯特家那么丰富的食物。"

乔迪看了巴克一眼，想知道他有没有生气。巴克把玉米粥盛到他的盆子里，并在中间挖了一个洞，以便放煎蛋和肉羹。

"奥拉小姐，请不要为我麻烦。乔迪和我今天傍晚会出去给你打一堆松鼠，说不定还有火鸡呢，我看到在豌豆地那头儿有火鸡的脚印。"

妈妈给贝尼盛了一整盘食物，还有一杯牛奶。

"端去给你爸爸，乔迪。"

他来到爸爸房间，贝尼看见盘里的东西，摇了摇头。

"我讨厌这些，儿子。放那儿吧，喂我点儿玉米粥和牛奶。我没有力气举起胳膊。"

贝尼的脸上已经消肿了，但他的右臂依然比平时肿大三倍，呼吸也很沉重。他咽下几口玉米粥，喝了些牛奶，就示意乔迪把盘子拿走。

"你和你的宝贝在一起怎么样？"

乔迪描述了用苔藓铺的窝。

"你挑了个好地方呢。你准备给它起个什么名字？"

"我还不知道呢，我想要一个特别的名字。"

巴克和妈妈走进房间，坐下来看望贝尼。天气很热，艳阳高照，一切的节奏都是缓慢的。

贝尼说："乔迪正烦恼给小鹿取名字的事呢。"

巴克说："告诉你，乔迪。你见到草翅膀时，他会帮你给它取一个名字的。他对这类事情很在行，正像有些人对弦乐很在行一样，

142

他一定会给它取个漂亮的名字。"

妈妈说道："快去吃饭，乔迪。那只斑点小鹿真是迷了你的心。"

他到厨房里取了一盘食物，然后来到棚屋。小鹿仍旧睡着，他坐在小鹿边上吃他的午餐。他将手指浸到浮着猪油的玉米粥里，拿出来喂它，但它只是嗅了嗅就把头转了过去。

他说："除了牛奶，你最好能学会吃其他东西。"

他刮干净盘子，把它放在一边。接着，他躺在小鹿旁边，用一条手臂搂住它的脖子。现在，他觉得自己永远都不会孤单了。

乔迪在小鹿身上花了很多时间。不论他去哪儿，小鹿都跟着他。在柴堆旁，它妨碍他劈柴；挤牛奶时他只能将小鹿关在牲口棚外面，它站在门边，呦呦地叫着，直到他挤完牛奶。他使劲地挤压屈列克赛的乳房，直到它跺着脚表示抗议为止。每一杯牛奶都会给小鹿带来更多的营养，他想看着它长大，看着它稳稳地站在地上，蹦跳着，晃动它的脑袋和尾巴。

天气热而潮湿，贝尼满身是汗地躺在床上。巴克汗流浃背地从地里回来，脱去衬衫，光着身子工作。奥拉把他的衣服洗了一下，晾到太阳下面。

巴克很高大，几乎要把巴克斯特家的小屋撑破了。

他一日三餐吃得很多并且很快，但妈妈无法埋怨他，因为他为巴克斯特家干了很多的活。只用了一星期的时间，他就把玉米、豌豆和番薯地锄好了，还砍了很多的树，开垦了几亩新地。

他说：“你们可以在新开垦的地里种些海岛棉，来年春天就能收获了。”

奥拉怀疑地说：“你们可没收获过棉花啊。”

他回答道：“我们福里斯特家的人不适合干弄活。我们通常也会种以些，但我们更愿意过粗鲁和懒散的生活。”

她拘谨地说：“懒散的生活会使人苦恼。”

他说：“你不知道我的祖父吗？他们都叫他‘苦恼的福里斯特’。”

奥拉很喜欢巴克，因为他有着像狗一样温驯的好脾气。

贝尼在渐渐康复，肿胀消退了，被响尾蛇咬过的伤口也结了痂，但稍一用力，他还是会头晕，心脏跳得厉害。乔迪却兴奋得不得了，因为他不仅有小鹿的陪伴，还有巴克在身边。他从贝尼的房间转到巴克干活的地方，再转到小鹿那儿，乐此不疲。

妈妈对他说：“你得留心巴克干的活，他走了就该你来做了。”

巴克到这里干活的第八天早晨，他把乔迪叫到玉米地里。玉米地昨夜被偷袭了。

巴克问：“你知道这是什么东西干的吗？”

“浣熊吗？”

“不是，是狐狸。狐狸比我们还喜欢吃玉米，它们一定在这里举办了一场夜宴会。”

乔迪笑了起来："狐狸的宴会啊！我真希望能看到。"

巴克严厉地说："你应该带着枪，晚上出来把它们赶走。今天傍晚，我们要到灰岩坑旁边那棵野蜂做窝的树上去偷蜂蜜，顺便可以教你些东西。"乔迪听到这儿时很兴奋。下午，巴克从新开垦的地里回来时，贝尼正在熟睡。

巴克对奥拉说："给我一个盛猪油的提桶，一把斧子和一些用来制造浓烟的破布条。"一切就绪后，巴克带着乔迪穿过院子，小鹿紧紧地跟在后面。

"你想让它被野蜂蜇死吗？不想的话，就把它关起来。"巴克说。

乔迪只好把小鹿送了回去，他一刻也不愿和它分离。贝尼不能一起去，应该会很遗憾的吧。贝尼盯着那棵野蜂做窝的树已经有一个春天了，他在等待时机下手。如今花儿们都绽放了，野蜂在不断地采蜜，正是好时机啊！

巴克问："你知道谁最想和我们一起去偷蜂蜜吗？是草翅膀啊。"

他们来到了灰岩坑。巴克说："我不明白，你们为什么来这么远的地方提水。我要是不着急走的话，一定帮你们在屋旁掘口水井。"

"你要回去了吗？"

"嗯，是啊。我担心草翅膀，而且我好久没喝威士忌了。"

那是一棵老松树，树的半腰处有一个很深的洞，野蜂就从那里出入。巴克在一棵橡树下停住，扯下好多西班牙青苔。然后，他在松树下放了一堆干草和羽毛，随后就开始砍松树的树根，野蜂随着树的摇晃纷纷飞出。

巴克叫道："快去点火，乔迪。"

乔迪将破布和青苔卷成一团，然后用力地用钢片击打火石。乔迪从来没做过，心中有些惊慌。火星点燃了破布，但他使劲一吹，火就熄灭了。巴克放下斧子，跑来帮他。他用力击打钢片和火石，并且小心地吹着燃着的火星，最后破布烧着了。他将火靠近青苔，随即冒出了浓烟。

巴克又跑回松树那儿，使劲挥动斧子。松树轰然一声倒在地上，野蜂一拥而出。他又急忙将烧着的青苔塞进了树洞，然后发疯似的跑开。他大叫着，猛拍着自己的胸膛和肩膀。乔迪忍不住大笑起来，同时，一枚像火一样的针刺进了他的脖子。

巴克喊道："快跳到水里去。"

他们连滚带爬地跑到陡坡下。因为少雨，池塘很浅，水不能没过他们。巴克将泥浆抹在乔迪的头发和脖子上。好几只野蜂跟着他们，在空中盘旋着。过了好一会儿，巴克站了起来。

他说："它们已经冷静了，但我们成了两头猪了。"

他们的裤子、上衣和脸上的泥浆都结成了块。只好，他们爬上陡坡，来到两个洗衣槽那儿。他们在一个水槽中洗了衣服，在另一个水槽里洗了澡。巴克身上被蜇了好几下，而乔迪只被蜇了两下。

他们小心地走到松树前面，蜜蜂都被浓烟熏晕了。它们慢慢地聚集在树洞周围，寻找着它们的皇后。

巴克砍开了一个大裂口，并用刀尖清除了周围的木片和木屑，将刀插了进去。他拔出来一看，不由得兴奋起来。

"真是好运气，树腔里充满了蜂蜜。"他们装满了盛猪油的提桶，一起提着它回家了。

巴克说："这次的蜂蜜真多啊！"

奥拉说："你可以带些回去的。"

"我吃些就行了。我在沼泽地那儿看好了几棵树，要是它们让我失望了，我再来要。"他说。

乔迪说："巴克，我不想你回去。"

巴克说："我走了，你可就没时间照看小鹿了。"

晚饭时，巴克的两脚来回移动着，后来又踏起了步。他望着天空说："这是骑马的好时候啊。"

乔迪说："你怎么突然着急了？"

巴克停了下来，说道："我就是这脾气。想来就来，想走就走。不论在哪儿，我都是满意一段时间，然后毫无缘由地就不满意了。"他停了一会儿，看着落日，然后继续说，"我现在正为草翅膀烦恼，我总感觉他现在不太好。"

"要是那样，家里不会来人通知吗？"

"不会的。他们知道贝尼病得厉害，这里正需要帮助，所以不管怎样，他们都不会来叫我回去的。"

他不安地等着天黑，想把事情做完就离开。

巴克说："我的科顿叔叔有一头蓬松的红头发，像鸡冠一样红，像乱草一样竖着。有一天夜里，他带着火盆去打猎，火盆的柄很短，火星从盆里飞出来，把他的头发烧着了。他来向我爸爸求救，爸爸没理会他，因为他觉得那是月亮透过叔叔的头发在闪光呢。"

乔迪听得目瞪口呆。

"巴克，你讲的是真的吗？"

巴克正在削木片，他答道："你要是讲故事给我听，我才不会这么问你。"

贝尼在房间里叫道："我受不了了，我想和你们一起去。"

他们来到贝尼的房间。

"如果你们去猎豹子，"贝尼说，"我绝对有足够的力气和你们一起去。"

巴克说："要是我们的狗在这儿，我也愿意和你一起去猎豹子。"

"哈哈，我这儿的狗不比你们的强吗？"贝尼问道，"你们后来是怎么处理皮克的？"

巴克说道："嗯，它确实是我们养过的跑得最快、最出色、最勇敢的猎狗，它只是需要适当的人来训练。"

贝尼笑了起来，说道："我很高兴，你们把它训练得那么好。现在它在哪儿？"

"是啊。它总是叫，雷姆不能容忍了。有天晚上，他一枪打死了它，并葬在巴克斯特家的墓地里了。"

贝尼说道："我注意到那个新坟了，我还以为你们的坟地用光了呢。"他笑着拍打着床上的被子。

"认输吧，巴克。"贝尼说。

"是啊，"他说，"我只当这是个玩笑，但雷姆可不会这么想。"

贝尼说："没什么过不去的事。我没有，希望你们也没有。"

"雷姆对待事情总有自己的看法。"

"他和奥利弗打架时，因为你们人多，我帮了奥利弗。"

巴克说："是啊，血浓于水啊。我们也经常吵架，但与别人有争执时，我们还是会一致对外。"

谈话就此结束。

乔迪问道："要是双方都不争执，还会打起来吗？"

贝尼说："那也是会的。有一次，我看见两个聋哑人打架，他们只是用手势侮辱了对方而已。"

巴克说："这是男人的天性，孩子。等你追求女人的时候，也可能为了女人打架。"

"但现在只有雷姆和奥利弗在追求女人啊。就为这事，所有的巴克斯特和福里斯特都扯了进。"

贝尼说："打架的原因不止一个。我知道一个牧师，因为别人不同意他让未成年人发誓，他就脱下法衣，要和人打架。"

巴克说："快听，我感觉硬木林里有狐狸叫了。我们走吧，乔迪，估计一会儿它们就在玉米地里了。"他从角落里拿起贝尼的滑膛枪，"今晚我就用这支枪了。"

乔迪扛起那杆老前膛枪，和巴克一起走到玉米地里。巴克走过每一垄玉米，并在每两垄玉米中间停留一会儿。走到一半的时候，他停下了，回过身轻轻捅了下乔迪。在火光照耀的地方出现了绿光。

他悄声说："快到这垄玉米的中间去，我帮你用火光照着它，注意不要挡住亮光。当它的眼睛看着像一个先令那么大的时候，就朝两眼中间开枪。"

乔迪会意了。那绿色的光熄灭了一会儿，又亮了起来。他举起他的枪，扣动了扳机，枪震得他失去了平衡。他开始向前奔跑，想查看是否命中。

"孩子，别过去，快回来。"巴克叫着阻止了他。

他顺着那垄玉米爬了回来，巴克递给他那支滑膛枪。

"在这附近，应该还有一只。"

他们爬过一垄又一垄玉米，这次，乔迪先看见了那双发光的眼睛。他开始顺着玉米垄前进，拿着滑膛枪，更加自信地打了一枪。巴克还是叫他退了回来。他们又小心地一垄垄地看着，但没再发现绿眼睛。

巴克说："来吧，我们去看看打到了什么。"

两枪都打中了要害。它们一只是雄狐狸，一只是雌狐狸，两只都是灰色的，长着蓬松的大尾巴。乔迪得意地扛着它们回家。

快到屋子时，他们听到一阵骚乱。奥拉在尖叫。

巴克说："你爸爸生病时，她不会和他闹着玩吧？"

"她没事是不会和爸爸闹着玩的。"

再走近点儿，他们听到贝尼也在叫喊。

巴克说："你妈妈不会在追杀他吧？"

乔迪说："恐怕有什么东西在追赶小鹿！"

巴克跳过栅栏，乔迪也跟着跳了过去。贝尼和奥拉正站在门边。乔迪似乎看见一个黑影正向葡萄架那儿跑去，两条狗跟在它后面追赶着。

贝尼喊道："那是头熊，趁它还没爬过栅栏，快打死它！"

巴克奔跑着，手中火盆的火星四溅，一个笨重的畜生正映着火光直奔东面的木栅栏。

乔迪很害怕，喊道："给我火盆，巴克，你来打它。"

他们边跑边交换了武器。在木栅栏旁，熊转过身来抵抗，它朝一条狗发动攻击。之后，它转身爬上了木栅栏。巴克开了一枪，熊瞬间滚落。贝尼也跑过来，熊被打死了，巴克得意地笑着。

第三章

他说："它要是知道有一个福里斯特在这儿，就不敢来了。"

贝尼说："就算你们全家都在这儿，它也会来的。这儿有让它发狂的东西。"

"什么？"

"乔迪的小鹿和蜂蜜。"

"它找到小鹿了吗，爸爸？小鹿没事吧？"

"没事的，棚屋的门关得很紧。它嗅到了蜂蜜，来到门阶前，但直到它打开桶盖子，我才发觉它。我想打死它，但我没有枪。我和奥拉就大喊起来，它受了惊吓，逃了出去。"

乔迪担心小鹿，立刻跑去棚屋安慰它，但小鹿已经睡着了。他抚摩着它，然后又走了回来。

那头熊是一头一两岁的公熊，长得很肥。他们将那尸体拖到后院，在火盆的光亮下剥熊皮，然后把肉挂到熏房。

贝尼说："真遗憾，它不是老缺趾。总有一天，我要将猎刀插进老缺趾的胸膛。"

贝尼的心情很好，他蹲在巴克旁边，讲着离奇的故事。乔迪第一次对这些失去了兴趣，他只想大家能早点儿去睡觉。终于，贝尼的劲头儿消退了，他洗完手就上床睡觉了。巴克又讲了一会儿后，也睡了。

乔迪溜出屋子，摸索着来到了棚屋。小鹿听到声音站了起来。

他走近它，伸出手臂搂住它的脖子，它舔着他的脸颊，他把它抱了起来。小鹿长得很快，他要用全身的力气才能抱动它。他抱着小鹿，踮着脚尖，悄悄来到院子里，把它放了下来。他引导着它进了屋子，它的小蹄子弄得地板吱吱作响，他只得又抱起它，小心地经过妈妈的卧房，来到自己房间。

他躺在自己的床上，让小鹿躺在自己身边。他一直想找一个借口让小鹿晚上和他一起睡，现在他找到了：熊的威胁比任何借口都要好。

第四章

一 小鹿通晓人意了

这哪里是一片番薯地，这更像是一片大海。乔迪看着已经锄完的一垄垄番薯，但还是有很多没锄。七月的天十分酷热，沙土灼烧着他的双脚。看日头，估计快到十点钟了。贝尼说过，如果他能在中午前把番薯地锄完，那么下午他就可以去探望草翅膀，让他给小鹿取名字了。

小鹿躺在树荫下。当乔迪工作时，它在番薯垄之间来回奔跑，践踏着番薯藤。过了一会儿，它又跑过来，站在他前面，妨碍他锄地。慢慢地，小鹿也开始像老朱莉一样通晓人意了。在乔迪要把它带到棚屋关起来时，它会乖乖地去树荫下趴着。

乔迪很满意，他喜欢它在旁边，这给了他极大的安慰。他也给小鹿想了许多名字，但最后都被自己否定了。所以，他想到了草翅膀。

他不会让乔迪失望的，他给自己的宠物取了很多好名字。他有浣熊"闹闹"、鼬鼠"急冲"、松鼠"尖叫"，还有跛足的红雀"教士"，因为它休息时总是"教士、教士、教士"地叫。

巴克回家后，乔迪这两个星期干了很多活。贝尼的身体虽然在康复，但还是时常头晕，心脏也跳得厉害，乔迪想让他多休养几天。小鹿的陪伴让他觉得日子不那么难过了，妈妈对小鹿的事情也很宽容，但它开始妨碍到她了。有一次，它闯进屋里，吃光了正准备去烤的玉米面包糊。从那时候起，它就吃绿叶、玉米粉、水调成的糊和碎饼干等。巴克斯特家吃饭时，就要把它关在棚屋里，不然它会用头撞他们，呦呦地叫着撞翻他们手中的盘子。奥拉虽然容忍它，但对它绝不感兴趣。

快到正午了，乔迪环视四周，他只剩一垄半地没有锄了。他在不伤番薯藤的情况下，以最快的速度挥动着锄头。当太阳照在头顶时，他完成了其中的半垄，还剩下一垄。贝尼说得很清楚，要在正午之前完成，否则他就不能去看草翅膀了。他听到围栏那边有脚步声。

"一大片番薯地啊，儿子。"贝尼正站在那儿看着他。

"真是太多了，爸爸。"

"明年这个时候，番薯就会被吃光，小鹿也得要一份的。两年后，我们就得把它赶走。"

"爸爸，不要那样。我会一直努力地干活的。"

"好的，你要遵守约定，所以你下午不能出去。但我们可以做个交易。你替我去灰岩坑给你妈妈挑一担水，我晚上把这垄番薯锄完。爬那峭壁真让我吃不消。"

乔迪放下锄头，跑回家去拿水桶，水桶是柏木做的，很重，扁担是橡树做的，也很重。乔迪挑起水桶就走了，小鹿跟在他后面。灰岩坑那儿很寂静，鸟儿们都在傍晚才下来饮水。小鹿一直跟着他，他们蹚水走过小水潭。小鹿低下头去饮水，这是乔迪幻想中的场景。

他对小鹿说："我会在这儿建座房子，然后为你找一只母鹿，我们就住在水潭边。"

乔迪跑上斜坡到达饮水槽边。他用挂在水槽边的水瓢装满了两个水桶。他蹲下来，把肩膀放到扁担下面。他想站起来，却被压得站不起来。他倒出些水，才勉强站了起来。沉重的扁担压着他的肩膀，令他的后背隐隐作痛。走了一段路，他不得不停下来，放下水桶，再倒出些水。

当他到家时，他们已经在吃午饭了。他每天这样辛苦，却并不感到饥饿，甚至为能把自己的午饭分给小鹿一份而感到高兴。他割下一块肉，又拿了一份生菜作为自己的午饭，将他所有的玉米饼和牛奶都留给小鹿。

贝尼说："幸亏是一头幼熊来偷袭我们，如果是一头公熊，我们就吃不到熊肉了。熊是在七月里求偶的。你要记住，乔迪，当它们求偶时，它们的肉可吃不得，千万别在那时候打它，除非它主动找上门。"

"为什么呢，爸爸？"

"我也不知道。但它们求偶时，充满了卑贱和仇恨。"

"像雷姆和奥利弗一样吗？"

"是的。它们发起怒来，就像疯了一样，仿佛仇恨都浸到肉里了。"

"爸爸，公熊们也打架吗？"

"是啊。而且打得很凶，母熊就站在一旁看它们打。"

"像温克一样吗？"

"是的。然后，它就跟胜利的一方离开，并一起度过整个七月，甚至八月。之后，公熊就离开了，小熊会在第二年的二月份出生。像老缺趾那样的公熊还会吃小熊，这就是我恨它们的另一个原因——它们没有慈爱的本性。"

妈妈说："你小心点儿，今天去福里斯特家，可不要招惹正在求偶的公熊。乔迪真锄完地了吗？"

贝尼温和地说："是啊。"

他向乔迪眨眨眼，乔迪也朝他眨眨眼。

乔迪问："妈妈，我现在能走了吗？"

"我想想啊，你再给我拿点木柴来。"

乔迪做完这些后准备走了，妈妈给他换上衬衣，梳了头发。

157

她说："我要让粗鲁的福里斯特一家知道，世界上还有文雅的人。"

他说："他们并不粗鲁，他们的生活很随意并且过得很快乐。"

她哼了一声。他把小鹿从棚屋里带出来，给他喂过食物和牛奶后，就带着小鹿一起出发了。小鹿一会儿在他后面，一会儿又跑到他前面，有时候又和他并排走着，这是乔迪最喜欢的方式了，因为这样他就能把手搭在它脖子上，配合着它的步调前进。一条豌豆藤在路边四散开来，他扯下一段缠在小鹿脖子上，做成一个项圈，那玫瑰色的花朵使小鹿看上去更加可爱了。

在一个岔路口，小鹿停了下来，抬起鼻子嗅着什么。乔迪也转向那个方向。一阵刺鼻的恶臭扑面而来，他不由得一阵战栗，似乎还听到一阵吼声和咬牙的声音。他想要逃离这里，但又好奇声音来自哪里。他往路的拐弯处跨了一步，小鹿却站在那儿没动，他猛地站住了。

大概十六千米外，两头公熊正在路上缓缓地向前走，它们站直后腿，肩并肩，像人一般走着。忽然，它们转过身，举起前掌，冲撞着，想要刺向对方的喉咙，其中一头用爪子抓向另一头的头。几分钟时间内，争斗变得越来越激烈，它们不断地撞击着，乱抓着。乔迪趴在地上跟在它们后面爬着，和它们保持一定距离，他希望它们能打出个结果来。沙地上血迹斑斑，它们都筋疲力尽了，每一击的力量都更加无力。在他专心看着的时候，一头母熊带着三头公熊从灌木丛中走了出来，它们排成行静静地走着。打架的两头熊扭过头看了一会儿，也加入了它们的队伍。乔迪看着那几只熊消失后才跑回岔路口，可是小鹿不见了。他叫了一会儿，它才从路旁的丛林里出来。他们来到去福里斯特家的大路上，向前跑着。

他想："我目睹了一件奇事。"

当他到巴克和贝尼那个年纪的时候，会看到听到很多有趣的事情，这就是他喜欢听大人们谈话的原因。现在，他觉得自己也有故事可以拿来炫耀了。

贝尼会说："乔迪，讲讲你看见那两头公熊打架的事吧。"

乔迪急于和草翅膀分享他看到的奇事，于是他重新奔跑起来，穿过福里斯特家的田地，来到了院子里。屋子里很安静，福里斯特一家人大概都在午睡吧。但他们白天睡觉时，由于屋子里容纳不下所有人，总会有人到树荫下睡。他停下来喊道："草翅膀，我是乔迪。"

巴克来到了门口，看着乔迪。

乔迪支支吾吾地说："我是来看草翅膀的，我想给他看看我的小鹿。"

巴克摇摇头，抹了一下嘴。

乔迪说："我是专程来看他的。"

巴克说："他已经死了。"

乔迪不太理解这几个字的含义，他重复道："我是来看他的。"

第四章

"你来晚了。要是时间来得及，我就去接你了，但连接大夫的时间都没有。他前一分钟还在呼吸，后一分钟就断气了，就像吹灭了一根蜡烛。"

乔迪凝视着巴克，巴克也凝视着他。他感到一阵寒冷和眩晕，仿佛草翅膀既没有死也没有活着。

巴克声音沙哑地说："你进来看看他吧。"

巴克说草翅膀像熄灭的蜡烛那样死了，现在又说他在这儿，这让乔迪无法理解。巴克转身进了屋子，乔迪跟在后面，福里斯特家的男人们都坐在一起。他们都一动不动，心情很沉重。福里斯特先生转过头来盯着乔迪，好像他是个陌生人，然后他又回过头去。雷姆和米尔也注视着他，其他人都没动。巴克拉起他的手，领他走进卧室，他们站住后，巴克紧紧地抓住乔迪的肩膀。

他说："你得坚强些。"

草翅膀闭着眼睛，瘦小得像要消失一样。他的身上盖着被单，双臂在被单外交叉着放在胸前，手掌朝外，扭曲而笨拙。乔迪害怕了。福里斯特太太坐在床边，用围裙掩着脸不停地哭着。

她说："我失去了我的宝贝。上帝太狠心了啊。"

乔迪想逃出去，枕头上骨瘦如柴的脸吓到了他。这是草翅膀，却又好像不是。

巴克把他拉到床前，轻声说："虽然他听不见了，但你可以和他说几句话。"

乔迪哽咽着，什么也说不出来。过了一会儿，他低声说："嗨。"

草翅膀沉默着，这种沉默叫人无法忍受。现在他明白了，这就是死，死就是不回答的沉默。草翅膀不会再和他说话了。他转过身去，将脸埋在巴克胸前，巴克紧紧抱着他。

他们走出了卧室，福里斯特先生叫乔迪，乔迪走到他身边。老人抚摩着他的臂膀，向四周挥了下手，说："这不奇怪吗？他们中任何一个我都舍得，可老天却偏偏带走了我最不舍得的。"

乔迪来到院子里，又晃荡到屋后，草翅膀的宠物都关在那儿，大概已经被遗忘了吧。乔迪找到草翅膀为宠物们准备的装食物的箱子，给它们喂了食，又给它们饮了水。他心不在焉地和它们玩耍，没有草翅膀和他分享，他感受不到喜悦了。乔迪不禁蹲在沙地上，失声痛哭起来。

悲痛慢慢变成对小鹿的渴望，他开始寻找它，最后他在树丛后找到了它。他和小鹿挨着躺下，有小鹿在身边，乔迪觉得好些了，他对小鹿是如此的喜爱。

下午过得好漫长，福里斯特一家人对他很冷淡，但他知道他们希望他留下来。虽然天色已晚，妈妈就要发怒了，但他还在等一件事，仿佛他和已经死去的草翅膀有约定，只有有了结果，他才会走。福里斯特家的人都出去干杂活了，他跟着巴克，把那些母牛赶去饮水。

他说："我给小熊和松鼠喂了食物和水。"

巴克往一头小母牛身上抽了一鞭，说："我今天想到它们，心里很难过。"

乔迪问："我能帮什么忙吗？"

"我们不缺干活的人。你像草翅膀那样去帮帮我妈妈吧，替她看看炉火也好。"

乔迪走进屋子，不敢去看卧房的门。福里斯特太太在炉灶旁，眼睛哭得红红的。

乔迪说："我来帮忙的。"

她手里拿着一个勺子，转向乔迪。

她说："我正在想你妈妈，她埋葬的孩子和我生的一样多。"

乔迪闷闷不乐地添着柴，但他不能走，福里斯特太太正往桌上摆菜。

福里斯特兄弟们静静地洗过脸和手，就一起进屋坐到餐桌旁。福里斯特先生从卧房里出来，乔迪坐在福里斯特天台旁边。她给每个人的盘子盛好肉，然后大哭起来。

她说："我把他也算进去了，我的天哪，像往常一样。"

巴克说："好了，妈妈，让乔迪吃他那份吧，或许他能长得和我们一样高呢。"

一家人又振作起来。他们狼吞虎咽地吃完饭，就又陷入悲痛中。

福里斯特太太看看乔迪的盘子，说："孩子，你的饼干和牛奶都没动。不好吃吗？"

"这是留给小鹿的，我把自己那份省下来给它吃。"

"我可怜的宝贝。"她又哭起来，"那孩子就想看看你的小鹿啊，他经常提起它呢。"

乔迪又哽咽了，他含着泪说："这就是我来的原因，我想要草翅膀给它取个名字。"

"他替你想好了。上次他说起小鹿时，就想好了。他说：'一只小鹿摇着小旗多快乐，它的尾巴就像那欢快的小白旗。我要有一只小鹿，我就叫它小旗。'"

乔迪重复道："小旗。"

他觉得开心极了。草翅膀曾谈到过他，还给小鹿起了名字，他觉得又悲又喜。他说："我现在就去喂它，我现在就去喂小旗。"他拿着牛奶和饼干跑到外面，草翅膀似乎就在旁边看着呢。

他叫道："小旗，来这边。"

小鹿跑到他面前，好像它早就知道这名字似的。他把饼干浸在牛奶里喂它，喂好后，他回到屋里，小鹿跟在后面。

他问道："小旗能进来吗？"

"可以，很欢迎。"

他不安地在屋角草翅膀的三角小凳上坐下。

福里斯特先生说："小鹿会让他快乐的，你今晚和他做伴吧。他就你一个朋友，明早下葬时你要在场啊。"

乔迪暂时抛开了对父母的思念，这么大的事，回不回家已经不重要了。福里斯特太太走进卧房，开始第一班守灵。小鹿在房间里嗅来嗅去，它嗅过每一个人之后就来到乔迪的身边。黑夜降临了，大家的心情也更加沉重了。

九点的时候，巴克点上了一支蜡烛。十点的时候，一个人骑着马闯进了院子，那是贝尼骑着恺撒来了。他把缰绳往马脖子上一抛，走进了屋子，福里斯特先生出来迎接了他。贝尼看着这些悲伤的面孔，福里斯特先生指了指半掩的卧房门。

贝尼说："是孩子吗？"

福里斯特先生点点头。

"去了，还是快要去了？"

"去了。"

"我就担心这个。我想乔迪不回家，肯定是出了什么事。"

他把一只手放在老人肩上，说："我和你一样悲痛。"

他轮流和每个人说话。

"你好，雷姆。"他直视着雷姆说道。

雷姆迟疑了一下，说道："你好，贝尼。"

米尔把自己的椅子让给了贝尼。

贝尼问道："孩子什么时候走的？"

"今天早晨。"

"当时妈妈进去看他能否吃早饭。"

"他已经遭了两天的罪了，我们要去请大夫时，他似乎又好起来了。"

大家都急于向贝尼倾诉，也许这种倾诉可以减轻心灵的悲伤吧。贝尼神情凝重地倾听着，不时地点点头，当他们倾诉完，开始沉默时，他就讲起自己孩子的夭折。他提醒大家，人都免不了一死，每个人都得承受不幸，他分担着他们的忧伤，冲淡着他们的痛苦。

巴克说："我想，乔迪想和草翅膀待一会儿吧。"

他们带他进了卧室，之后就出去了。乔迪突然惊慌起来，他好像看到有什么东西在角落坐着。贝尼遭蛇咬的时候，他在丛林中潜行时也看到了同样的东西。

他说："让小旗也进来，好吗？"

他们同意了。小鹿被领了进来。他坐在椅子的边缘，双手交叉着放在膝盖上，偷偷地看向枕头上的脸。在床头的一张小桌上点着一支蜡烛，烛光摇曳时，草翅膀的眼睛似乎在闪动；一阵微风把被单吹得鼓了起来，仿佛是草翅膀在呼吸。他靠在椅背上远远地凝视着草翅膀，觉得他既熟悉又陌生。他想，草翅膀身后跟着他的浣熊，此刻正一瘸一拐地在树丛中玩耍呢，他们过一会儿就会进屋来，就能听到他们的声音了。他又偷偷朝那扭曲的双手看了一眼，它们就那样静止不动。他无声地哭了起来。

摇曳的烛光是催眠性的，乔迪很快就睡着了。他在破晓时才醒来。不知谁把他抱到了床上。他听到一阵锤击声，突然清醒了过来，草翅膀已经不见了。他跳下床来到大房间，但那儿也没人了。他又跑到外面，看见贝尼正在将盖子钉到一个新的松木箱上去，福里斯特一家人站在四周，福里斯特太太在号啕大哭，没有人跟乔迪说话。贝尼钉上了最后一枚钉子。

他问道："准备好了吗？"

他们点点头。巴克、米尔和雷姆朝木箱走来。

巴克说："我一个人就能扛动它。"

他把木箱举上肩头，然后就向南面的硬木林走去。福里斯特太太跟着他，米尔在旁边搀扶她，其他人都跟在后面。乔迪记得在这里的一株大橡树下有一个葡萄藤秋千。他看见福里斯特先生和甘比手上拿着铲子，正站在秋千旁边，那里有一个新挖的坑。巴克放下了棺材，小心地把它移入墓穴，然后退了回来。

福里斯特家的人都犹豫起来。贝尼说："该父亲先来。"

福里斯特先生举起铲子，铲了一些泥土洒在棺材上。他把铲子递给巴克，巴克也铲上去一些土。铲子又传给其他兄弟，最后传到了乔迪手中。他悲伤地将泥土铲起来放到坟堆上。

福里斯特先生说道："贝尼，你在基督教家庭中长大，我们很高兴你能为我们祈祷。"

贝尼走上前去，站到坟墓边，闭上眼睛，对着阳光仰起脸。福里斯特家的人都低下了头。

"万能的上帝啊，我们凡人是无法判别是非善恶的。您造就了他，给他智慧，赋予他温和的品性，他又驼背又古怪，是个可怜的孩子。如今他去到了另一个地方，想到您已经治愈了他的双腿、他的驼背和他的双手，我们就满足了。希望您赐予他些小动物，就像在世间一样，让他不再孤独。您一定会答应我们的。阿门。"

福里斯特家的人也念道："阿门。"

他们一个个走到贝尼身旁握着他的手，然后匆匆走回家了。他们已经给恺撒装好马鞍，贝尼跨了上去，又把乔迪拉起来放在身后。乔迪召唤小鹿，它从矮树丛里跑了出来。巴克从屋后走来，手里拿着一个小的笼子，把它递给乔迪，那里面关着那只跛足的红雀"教士"。

他说："我知道你妈妈不许你养小动物，但它只吃点儿面包屑，你留着做个纪念吧。"

"谢谢你，再见。"

"再见。"

恺撒沿着大路朝家的方向奔跑着，他们谁也不说话。太阳已经高高地升起来了，家已经不远了。奥拉听到马蹄声，站在门口等候。

她大声喊道："你们两个都不回来，真是让人懊恼。"

贝尼下了马，乔迪也滑了下来。

贝尼说："别吵了，奥拉。草翅膀死了，我们要帮着埋葬他。"

她说："好吧，可惜不是雷姆。"

早饭已经做好了，贝尼心不在焉地吃着东西。他说："我从没见过一个家庭对这种事情这么难受的。"

奥拉说："我不相信他们会感到悲痛。"

他说："奥拉，人心都是一样的。我看，我们夭折几个孩子的悲痛，反而让你更刻薄了。"

她突然坐了下来，说："只有硬着心，我才能承受这悲痛啊。"

贝尼连忙放下早餐来到她身边，轻抚着她的头发，温柔地说："我知道。可你对别人也要宽容些啊。"

二　朋友怎么会消失

八月的天气很炎热，但这个月份要干的活很少，人们不用忙着干活，可以享受闲暇的时间。几场雨后，玉米已经成熟了，不久就可以收割起来晾晒了，贝尼觉得会有个好收成。番薯和向日葵长势繁茂，喂鸡用的黍子也即将成熟，扁豆产量很大，已经成了他们主要的食物；一大片长势良好的豆藤，晒干后可做冬季几个月的饲料；花生地的收获不那么好，但老缺趾咬死了母猪贝特西，所以也没有太多的小猪需要花生米喂养了。巴克斯特家的那几头猪已经回到家里了，跟它们一起来的还有一头年轻的母猪，它身上的烙印已从福里斯特家的改为巴克斯特家的了。贝尼接受了它，这是他们与他讲和的礼物。

巴克斯特一家人把希望都寄托在秋季和霜降时节，因为那时候番薯长出来了，一头头猪杀好了，玉米磨成了粉，甘蔗榨出汁，熬成了糖浆，就会有丰富的食物供应。现在是食物最贫乏的时候，但还是够吃的，只是吃的东西没那么丰盛，也没那么多样。现在，他们整天吃玉米面和面粉，很少有肥肉吃，只是靠贝尼偶尔猎取来的鹿、火鸡或者松鼠的肉来填补。

在大热天里，肥胖的妈妈几乎不怎么动弹。贝尼和乔迪一起干活：给母牛挤奶，喂马，劈好做饭用的木柴，上灰岩坑挑水，然后就一直休息到傍晚。妈妈只在中午烧一顿饭，晚饭就吃剩下的食物。

乔迪时常怀念死去的草翅膀，他活着的时候常和乔迪在一起，乔迪的心里依然有他温和友善的样子。乔迪还是会向他诉说心里话，虽然他都听不到了。所幸小旗一天天地长大，这给了他很大的慰藉。乔迪发现它身上的斑点开始变淡了，这是小鹿成年的标志，但贝尼没看出什么变化。

小旗已经学会了拖动门闩,所以在任何时候,它都能进到屋子里。它用头撞下乔迪床上的一个羽毛枕头,撕碎它,这使得羽毛在各个角落飘浮了好几天。它已开始跟狗玩耍,老朱莉很沉稳,当小旗用蹄子踩它时,它也只是摇摇尾巴,而瑞波会叫着绕着圈追它,假装要扑上去。这时候,小旗就会摇晃着脑袋跳过栅栏,顺着大路奔跑离开。它最喜欢和乔迪玩,他们扭打在一起,并排着赛跑,直到奥拉提出抗议,说乔迪愈来愈瘦,简直像一条黑蛇。

八月末的一个傍晚,乔迪带着小鹿到灰岩坑去挑做晚饭用的干净水。道路两旁鲜花绽放,漆树花正在盛开,桑葚在细长的枝条上慢慢成熟,蝴蝶栖息在花蕾上,鹌鹑甜美的叫声在豌豆地里回响。太阳下山得比以前早了点儿。

乔迪突然停住了,他看见一个戴着头盔的骑士,正骑着马穿越那些苔藓。他向前跨一步,马和骑士就都消失了,他后退一步,马和骑士又出现了。他深吸了一口气。这肯定是草翅膀说的那个西班牙骑士了,可他有点儿害怕。他想跑回家,但最终好奇心战胜了害怕,他强迫自己慢慢地向西班牙人出现的地方走去。不一会儿就真相大白了:是纠缠在一起的树枝与苔藓制造了这一幻象。他可以分辨出哪儿是马,哪儿是骑士,哪儿是头盔。

他继续向灰岩坑走去。月桂树还在开花,香气充满了整个灰岩坑。他又想起草翅膀来,草翅膀永远不会知道那个西班牙骑士是真实存在的。乔迪放下水桶，走上通往灰岩坑底部的狭窄小径。

他在一棵树下躺了下来，忘记了自己的使命。小鹿在周围嗅了一阵，就卧在了他身旁。从他躺着的地方可以看到整个灰岩坑。松鼠咬着树皮吱吱叫唤，在树顶上跳来跳去，鸟儿在枝叶中发出甜美的叫声。远处，一只红雀悠扬地啼叫着，越来越近，直到乔迪看到它落在巴克斯特家的饮水槽旁边。一群斑鸠打着旋飞下来，略微饮了些水，又飞回到松林中栖息了。

坡顶边上一阵骚动。乔迪看到一只母浣熊领着两只小浣熊走下来，到了石灰石的水槽边，母浣熊开始在水槽中摸鱼。乔迪有了回去晚的最好理由，那就是他必须等到搅浑的水变清澈了才能去舀水。母浣熊在水槽中没找到什么东西，于是走下了陡坡，那两只小浣熊跟在它后面。它们长得简直和母浣熊一模一样。

母浣熊一直走到灰岩坑底部的水潭处，才又开始摸鱼。一只青蛙跳了出来，母浣熊迅速地转了个圈伸出爪子一抓，就抓住了那只青蛙，然后回到水潭边，把青蛙分给两只小浣熊吃。它观望了一会儿，又转身爬进了水潭，两只小浣熊也跟在它后面走进水中。母浣熊转身看到了它们，连忙把它们拖回到岸上。乔迪长久地观察着母浣熊摸鱼和拿鱼喂小浣熊的场景。

乔迪突然觉得，草翅膀刚刚好像也在。他好像总是待在野兽出没的地方。他就像那些树，是属于大地的；他又像那多变的白云，像落下的太阳和正在升起的月亮。他现在应该可以像风一样来去无踪了吧。这让乔迪觉得，他可以不再为他的好朋友难过了，因为他应该在另一个世界过得很好。

他走到饮水槽边上，装满水桶，然后挑回家去。他在吃饭时讲了他今天看到浣熊的事，没有人追问他晚归的原因。晚饭后，他和爸爸坐在一起，听着猫头鹰的啼叫、青蛙的叫声、远处野猫的叫声以及更远处狐狸的哀号。他试图把他这一天的感受告诉爸爸。贝尼倾听着，但乔迪无法用言语把他的感情表达清楚，因而不能得到爸爸充分的理解。

三 秋天的野果非常多

九月的第一周，燥热的天气中充斥着一种紧张。狗儿们脾气暴躁，蛇也都蜕完皮出了洞。贝尼在葡萄架下杀死了一条两米多长的响尾蛇，并将蛇皮挂在了火炉边的墙壁上。

他说："我很喜欢看见它，它提醒我，有一个恶棍再也没办法害人了。"

整个夏季，这几天是最难熬的。植物们隐约感到一个季节即将过去，另一个季节即将到来，鸟儿们正在啄食成熟的浆果。

秋天的果实，如万寿果和柿子还未成熟，松子、橡树果和扇形棕榈的浆果要等到霜降后才能吃。鹿只能吃植物的嫩芽，所以它们要到低洼潮湿的地方去觅食。它们很少经过巴克斯特家，而去沼泽多的地方猎杀它们是很困难的事。一个月来，贝尼只猎到一只一岁的公鹿。

熊的食物主要是扇形棕榈的嫩叶，它们会无情地扯出树的嫩芯。

贝尼说："熊吃光了棕榈树的芯子后，就要找小猪了。你最好让小旗晚上和你待在一起。如果你妈妈不同意，我会为你说话的。"

"难道小旗还没有大到能抵抗熊的侵害吗？"

"熊会杀死任何敌不过它的动物，儿子。"

奥拉抱怨雨水少，装雨水的木桶已经空了，所有的衣物她都要带到灰岩坑那里去洗。

"不管怎样，还是阴天洗衣服轻松些。"她说。

巴克斯特一家人急切地观察着九月里月亮的变化，当上弦月出现时，贝尼就喊他们母子来看。

"不久就会下雨了。"他说，"如果月亮是横的，那一滴雨也不会下的。但现在看来，老天爷要下雨了。如果雨下起来，你们就可以把衣服挂在绳子上，让老天爷来冲干净。"

贝尼是位优秀的预测者，三天后，各种迹象都预示着要下雨了。第四天傍晚，夕阳变成了绿色。夜里狂风袭来，门啪啪作响，乔迪将小鹿抱了起来，让它跟自己睡在一起。第二天清晨，东方一样殷虹，上午天空又变成了灰色，空气中连一丝风都没有。

下午，天空变得乌黑，远处传来风的怒吼声。伴着狂风，雨点铺天盖地地压过来。狂风把乔迪刮得步步后退，他只好急匆匆地逃进院子里。小鹿正浑身发抖地等他，它跑向他，想躲在他身后。他来到门前，贝尼从里面拉开门闩，把门在暴风雨中推开，乔迪和小鹿连忙冲了进去。

贝尼说："这风暴要持续整整三天啊。这种提早交换季节的情况，我已经碰上过好多次了。"

"你怎么知道是三天，爸爸？"

"一般九月的第一个风暴总是要刮整整三天的东北风，然后全国的气候也跟着一起变化。我听奥利弗说起过，就是在遥远的中国也有九月的风暴。"

这时，忽然出现了短暂的平静。门外传来一阵哀号。贝尼打开门，老朱莉正站在门外湿淋淋地发抖，贝尼把它放了进来。

大雨倾盆，狂风呼啸。老朱莉舒服地卧在小鹿的旁边。今天的晚餐很丰盛，生活中只要稍微有一点儿什么理由，都会激起妈妈去烹调特别佳肴的念头。晚餐后卧室里点起一支蜡烛，妈妈拿来了她的针线活。

乔迪说："爸爸，讲一个故事吧。"

贝尼说："我知道的故事都给你讲过了。"

"不，你常常有新故事。"

"好吧。我还告诉过你，我刚来这儿时养的那条狗丹弟。"

"快讲给我听。"

"好吧。丹弟有一对长得使人发愁的耳朵，罗圈腿也让它无法在番薯垄上行走。它的眼睛总是注视着别的什么地方，由于这对注意力分散的眼睛，我差点换掉这条狗。它不管路上野猫或者狐狸的足迹，只是卧在一边。我觉得自己简直像没有猎狗一样。

"可是，后来我发现其实它非常懂得打猎的诀窍。为了搞清楚，我只能和丹弟一起坐下来，看它要干些什么。原来，狐狸或者野猫会重复自己的足迹，它们跑在猎狗前面很远的地方，然后又会踏着自己的足迹往回跑，再折向另一个方向。猎狗跟着足迹朝它们第一次去的方向往前走，然后赶到足迹断了的地方，才只好循着足迹回来。这样，野猫或者狐狸就摆脱了追踪。你知道我的丹弟是怎么办的呢？"

"快告诉我。"

"它识破了这种诡计，而且想出了解决方法。它估计猎物要跑回来的时候，就埋伏在足迹边守候。当猎物溜回来时，丹弟就跳出来咬住它。

"不过，有时候它发觉自己估计错误了，就会无精打采的。但是，它给我捉到的猎物比我以前或以后拥有的任何一条猎狗都多。"

"丹弟还干了些什么，爸爸？"

"有一天，它碰上了一个对手，那是一只机灵的公鹿。鹿通常不会重复自己的足迹，可是这只公鹿常常这样干。而且它总是不断变化，有时返回，有时又不返回。它一直与猎狗比谁更机灵。"

"那结果呢？"

"丹弟永远也捉不到它。"

乔迪松了口气说："我敢打赌，小旗长大了，一定也很机灵。"

第二天早晨，贝尼穿上厚外套，准备在风雨中去给屈列克赛挤奶。

妈妈说："你得快点儿回来，要不你会得肺炎的。"

这一天依旧风雨交加。贝尼说："差不多该有一段暴风雨暂停的间歇了。"可是那间歇并没有到来。有好几次似乎缓和了一些，使得贝尼满怀希望地从椅子上站起来，但当他下定决心冲出去劈柴时，瓢泼大雨又出现了。

贝尼说："风雨该停了。能见到太阳，我才高兴呢。"

直到下午，才迎来了贝尼前一天所盼望的间歇。贝尼说："现在风向就快转了，天气会晴朗起来的。"

风果然转了方向，它已不是东北风而是东南风了，但这带来了更多的雨水。

贝尼说："我从来没有见过这样的暴风雨。"

雨比之前下得更大了。院子像是漂在水里一样，两只淹死的小鸡正肚皮朝天漂在院子中。这个荒凉的世界像是宇宙的洪荒时代，又像是世界末日。农作物都被大风刮倒了，路也变成了河。直到第二天早晨风势也没有减弱。贝尼在厨房里不停地走来走去。

日子一天天过去，坏天气却一点儿没变。扁豆的荚壳已经发霉了，但里面的豆粒还是新鲜的。第六天早晨的天气和前几天一样坏，贝尼和乔迪索性只穿条裤子，就到扁豆地里去了。他们在大雨中一直干到正午，不停地摘着豆荚。中午回到家里，匆匆吃过午饭就又回到扁豆地里去了。他们摘下了地里的大部分扁豆子，已尽最大努力挽救了扁豆。

第七天早晨，狂风仍在呼啸。因为习惯了，大家已经注意不到屋顶的雨声，巴克斯特一家人默默地吃着早餐。早餐后，贝尼又带乔迪到玉米地里去了。玉米秆倒在地上，但玉米棒并没有受到损害。他们把玉米棒收集起来，带回了厨房。

贝尼走到客厅，生起了火。乔迪抱来了更多的木柴。贝尼把玉米棒一个个地铺到地板上，并叫乔迪翻动它们，让它们均匀受热。傍晚的时候，贝尼挖了一些番薯回来当晚餐。它们已经开始烂了，但削去一些还可以吃。晚餐因为番薯又变得很丰盛。

贝尼说："如果明天天气还是这样，我们就等死吧。"

乔迪从来不曾见过爸爸如此绝望。小旗也已经显露出缺乏口粮的症状，它瘦骨嶙峋，不时呦呦地叫着。为了小牛，贝尼已经放弃给母牛挤奶了。

第八天早晨乔迪醒来时，寂静代替了喧闹。雨停了，风也停了，阳光透过窗户照射进来。贝尼打开了所有的门窗。"虽然现在外面已没有多少东西值得我们出去了，但我们还是应当出去感谢老天，还给我们留下了这么一个世界。"他说。

乔迪和小鹿一起跳下台阶。"我们是两只鹿。"他喊道。乔迪觉得空气凉爽又柔和。整个世界在洪水后变得一片荒芜，但就像贝尼不断提醒他妻子那样，这是他们所能获得的唯一的世界。

四 灾后觅兽踪

暴风雨过后的第二天，巴克和米尔骑马来探望巴克斯特一家是否安好。他们说，他们这一代人从未有人看到过这样的景象，洪水会给小动物带来毁灭性的灾难。巴克、米尔、贝尼和乔迪都觉得应该进行一次检查，来了解那些野兽在最近这一时期的动向。

乔迪问道："小旗也能跟去吗？"

"这是一次认真的狩猎。"贝尼说，"我可以教你打猎，但如果你想玩也可以留在家里。"

于是，乔迪把小旗关进棚屋，对它说："你乖乖地留在这儿，

我回来后会把看到的事情都告诉你的。"

　　贝尼在暴风雨期间准备好了铁砂弹丸，并装入了买来的弹壳里。他装满了弹药袋，擦亮了猎枪的枪膛。

　　他们决定绕一个大圈，包括福里斯特岛和巴克斯特岛、刺柏溪、霍普金斯草原以及那片已经成为鹿的乐园的橡树岛。他们约定在福里斯特家过夜，如果天黑前赶不到的话就准备露营。贝尼细心地装满了背包，准备了各种需要的东西，最后他发现还没有装喂狗的肉。巴克说："我们可以打些野味给它们吃。"

准备好以后，他们骑上马向东南方向出发，向银谷和乔治湖的方向前进。洪水猛冲下来，使巴克斯特岛和银谷之间的大路陷落成了峡谷。一路向前，动物们的惨状逐渐呈现，其中以负鼠和鼬鼠的损失最为惨重，到处都能看到它们的尸体。北面的松树林里传来一种不一样的声音，松鼠已成群地迁居到这里。洪水和饥饿足以把它们赶到这里了。

贝尼说："我敢打赌，那边一定已经非常热闹了。"于是他们犹豫着，很想去那边打猎，但最后还是一致同意，先按原计划去确定动物受损害的程度，再来检查这里。

洪水泛滥后的银谷里积水很深，到处漂浮着动物的尸体，其中爬虫类的尸体最多，有响尾蛇、王蛇、黑蛇、鞭蛇、束带蛇和珊瑚蛇等各种蛇。

巴克说："每条蛇都会泅水，为什么还会被淹死呢？"

贝尼说："这些蛇大概是在洞中被洪水阻断呼吸而死的。只要越过高地看一下，就会觉得每一个生命都很宝贵。"

巴克说："我也这样想。"

他们不再向东走了。当快到勃兰溪时，他们发现这儿的水面依旧很高，三四天以前，这儿的水面一定比现在更高。

贝尼说："霍普金斯草原不用去了，那儿现在一定变成一个湖了。"

他们都表示同意。在霍普金斯草原南面也有动物的尸体，一头熊在缓缓地涉水过河。他们骑着马继续朝西走，来到一片狭长的平原。贝尼给乔迪指点着，使他能辨别出那些动物。这些动物显然并不怕人，一只美丽的公鹿注视着他们，巴克一枪打倒了它。贝尼也加入了，六头野猪很快倒了下来。

贝尼说："把一些肉给狗当午餐吧，我们也可以减轻一些负担。"

夕阳快要落山时，他们来到一片开阔地，大家都同意在这里过夜。他们搭起了帐篷，沐浴在美丽的夜空下。他们松开缰绳，让马在天黑以前任意吃草。这时，他们听到了猎狗的叫声。在灰色的树干上，他们看到了一头母豹和两头小豹子。

乔迪喊了出来："我要那头小豹子，我要那头小豹子！"

巴克开了枪。母豹跌到地上，狗立刻扑上去咬它。

乔迪又喊道："我要小豹子！"并飞快地跑过去，但狗已抢在他的前面。

贝尼说："抱歉，儿子，你已经有宠物了，而且这两头小豹子早就变野了。"

"我最不喜欢活生生的东西死去。"乔迪说。

大人们沉默了。

贝尼割下几块鹿肉准备当晚餐。米尔带回来好多扇形棕榈的叶子和两个棕榈芯。乔迪踱来踱去，观察别人干活，他的职责是不让篝火熄灭。

第四章

贝尼说："现在我才想起来忘带咖啡了。"

巴克拿出酒瓶，传递起来。贝尼将野猪和豹的肝脏切成片放到炭火上去烤，又烤了鹿肝。乔迪说："我敢说，野猪肝味道一定很好。"贝尼从篝火上面收回一块来，递给了乔迪。乔迪说："真好吃！"

大人们都笑了起来，他们把酒瓶又传递了一圈。九天来，星星第一次在空中眨眼。最后，贝尼清理剩余的食物，他把剩下来的油煎玉米饼丢给狗吃，又把玉米芯子做的瓶塞子塞回油瓶上去。他将油瓶拿起来放到火光前面，摇晃着它。

每个人都兴高采烈地去砍铺床用的树枝。他们挨着篝火搭好地铺，福里斯特兄弟俩躺下去，把树枝压得吱吱作响。

贝尼说："我敢打赌，老缺躺下去也不会发出你们这样大的声音。"

巴克说："我也敢打赌，一只小鸟飞进窝里，也会比你们父子俩躺到床上去时的声音响得多。"

贝尼说："没有人告诉你们，你们的爸爸曾经为了一个羽毛垫子把家里闹得天翻地覆吧？"

"快讲讲。"

"你们那时还没出生呢，我那时还是个小伙子。我跟着我爸爸到你们家去，我想，他大概是去给你们的爸爸传道的。我们走近时，看见了满地的碎片和食物，整个院子里和栅栏边都是羽毛。门阶上摊着一个床垫套子，那上面被刀割了一条缝。接着，你们的爸爸出现在门前，他显然喝得烂醉，但那时已经清醒些了，估计那个垫子是他最后的发泄物。

福里斯特兄弟大笑起来，乔迪也在暗暗发笑，他仿佛看到木栅栏上羽毛乱飞的情景。

夜里，乔迪被爸爸猛然坐起的动静惊醒。巴克和米尔依旧沉沉地睡着，他也在贝尼身边坐了起来。

贝尼低声说："听！"

有种空气从风箱中被压出来的声音："呼呜——呼呜——"声音似乎就在附近，乔迪紧张起来。贝尼定了定神，站了起来。他摸索到一根树枝，在篝火里点着。乔迪紧紧地跟在贝尼身后。前面传来了一阵窸窸窣窣的声音，贝尼晃了下火把，只见一双像夜鹰的眼睛一样红的大眼睛正直瞪着火光。他不禁笑了出来，原来是条从池塘里爬上来的鳄鱼。

他说："它嗅到了鲜肉的气味。我可真想把它扔到福里斯特兄弟身上去。"

乔迪说："刚才的声音是它发出来的吗？"

"是的。"

"我们杀死它吗？"

"我们就饶了它吧。鳄鱼是无害的。"

贝尼向那条鳄鱼冲了过去，把它赶回了池塘。

第四章

他们回到篝火边。半夜是寂静的，繁星竟如此灿烂。乔迪希望能永远这样在野外露宿，并且一直和爸爸在一起，现在他唯一的遗憾就是小旗不在他身边。他们在篝火上加了很多木柴，才回到地铺上。过了好久，乔迪才再一次入睡。

清晨，他们吃过早饭就骑上马，开始了新的旅程。早晨很凉快，但太阳的升起使天气逐渐热了起来。大地冒着蒸气，污水的臭味使人难以忍受。洪水的发生是空前的，没有人能预知它的后果，他们继续向南行进。

经过长途跋涉之后，他们终于看到了许多熊和鱼。

贝尼叫道："这是鲻鱼！"

乔迪很疑惑，鲻鱼应该生活在海洋里的。

贝尼说："事情很清楚了。乔治湖的水在上涨，倒流到刺柏溪里，溪水再倒流，就渗透到草原上了，所以这儿有了鲻鱼。"

巴克说："我们猎杀几头熊吧，四头就够我们吃一阵子的啦。"

"我们家要一头就够了。既然大家都同意，我们就可以在这儿开始了。散开些，伙伴们。"贝尼说。

他指派给乔迪最近的目标，说："乔迪，你要瞄准它的面颊。当我说放时，大家就一齐开火。你瞄不准头部的话，那就对着它的躯体中部开枪，我们会帮你的。"

巴克和米尔也选中了目标，大家都小心地向各个方向散开。贝尼举起手，大家就都停了下来，贝尼的手又往下一落，顿时枪声四起。乔迪不记得自己是否扣动了扳机，但本来站立着的目标已经倒在水里了。

贝尼喊道："打得好，儿子！"

乔迪死死地盯着被自己打死的猎物，他不敢相信，自己居然打死了它。这头熊够家里吃两个星期的啦。福里斯特兄弟打死了五头熊。他们各自驮着自己的猎物回家了。

乔迪本来想一直在外面露营打猎，过自由自在的生活，但当巴克斯特岛高大的松树出现在眼前时，他又非常高兴能回到家里。屋前的田地遭到水淹后，变得一片荒芜。但他们回来了，并且还带着他猎的熊。况且，小旗还在等着他呢。

五　黑舌病

之后的两个星期，贝尼专心地拯救那些农作物。番薯本应两个月后才能挖出来，但它们已经开始腐烂，如果不挖出来就会全都坏掉。乔迪每天长时间地挖番薯，他必须小心地将番薯叉插到土中，然后再小心地把叉子举起来，才能挖起没有损伤的番薯。当番薯被掘出来后，妈妈就把它们铺在地上晒干并进行处理。它们必须要经过检查，结果是差不多要扔掉一半。

甘蔗也倒在地上。由于它们还没成熟，所以除了听天由命，也没什么办法了。

洪水过去三个星期后，接连好几天都是晴天。贝尼带着镰刀到鲻鱼草原去割沼泽草，并且在那里把它们晒干。

"这算是坏日子里的好饲料了。"他说。

草原上的水退了，那里已经没有鱼了。空气中散发着一阵阵恶臭，那是各种尸体发出的气味。

贝尼不安地说："估计这里又发生了什么。按理说臭味应该快要消失了，为什么还有野兽在不断地死亡呢？"

洪水过后一个月，已经是十月了。贝尼和乔迪赶着牛车来到鲻鱼草原，收集那些晒干的沼泽草。瑞波和老朱莉跟在牛车后面奔跑着，小旗也一起出来了，它奔跑着，不时地和狗儿们嬉戏。它已经学会吃绿色植物了，偶尔也会停下来，去啃一片嫩芽或新叶。

乔迪说："爸爸，你看它啃嫩芽的样子，好像是已经长大了。"

贝尼笑着说："嗯，它是我见过最好看的小鹿。"

突然，老朱莉叫了起来，并迅速地向矮树丛奔去，瑞波也跟着跑了过去。贝尼停了车，乔迪跳下来，猎狗正在追的猎物是一只野猫。贝尼也下车走进矮树丛中。野猫已经被逼到了绝境，但并没有发生恶斗。老朱莉和瑞波围着它转，不时地咬上一口，野猫却没有反击。

贝尼说："它快要死了，随它去吧。"

他拉开了狗，回到牛车上。

乔迪问："它为什么会死，爸爸？"

"野兽和我们一样，不是被敌人杀死，就是自己老得连找东西吃的力气都没有了。"

"可是它的牙齿还没有掉，不像是已经衰老的野兽。"

"儿子，你能观察事物了，我很高兴。"

即使这样，野猫的衰弱还是没有合理的解释。他们来到草原，把干草装上车。贝尼估计，再有三四趟就可以把干草全运回来。他们慢慢地把车往家里赶，经过通往灰岩坑的岔路时，老朱莉仰起了鼻子，发出了不安的叫声。

贝尼说："大白天那儿应该不会有什么野兽。"

老朱莉继续叫着。

贝尼停下车，拿起枪，向两条猎狗走去。一只公鹿卧在栅栏的旁边，贝尼举起枪，然后又放下了。

"这只公鹿也病了。"

他走近公鹿，而公鹿却一动不动。老朱莉和瑞波似乎发狂了。它们不理解，一只活的猎物怎么不角斗也不逃走。

"用不着消耗弹药了。"

贝尼从刀鞘里拔出猎刀，刺进了公鹿的咽喉，它平静地死去了。

贝尼仔细地检查了这只公鹿，它的舌头又黑又肿，两眼水汪汪地发红。

他说："事情比我想的还糟。兽群里起了瘟疫，这是黑舌病。"

乔迪听说过人类的瘟疫，但他并不知道这种威胁也存在于兽群里。在他眼里，野兽都是受魔法保护的，它们要么死于追逐中，要么死于比自己更凶猛的野兽手里。在丛莽中，死亡总是那么干脆，不会有这种慢性的折磨。

乔迪问："我们不吃它吧？"

贝尼摇摇头说："是不能吃。"

老朱莉又叫起来。贝尼从它后面望过去，只见两只公鹿和一只小鹿死在一起。贝尼神情严肃地查看了下死去的鹿，然后一言不发地走了。

"这是为什么，爸爸？是什么杀了它们？"

贝尼又摇摇头，说："我也不知道。可能水里有毒了吧。"

"爸爸，那小旗，它不会染上吧？"

"儿子，我把我知道的都告诉你了。"

乔迪心里有些不好受。他走向小旗，搂住它的脖子，低声说着："不要染上瘟疫，请不要染上瘟疫啊！"

乔迪决定今后只喂小鹿他自己吃的东西，不许它吃发臭的草，还决定让它喝巴克斯特一家人喝的清水。"如果小旗死了，我们就死在一起。"乔迪悲痛地说。

过了一会儿，他问道："人的舌头也会发黑吗？"

"那只限于动物。"贝尼回答。

当他们第二次去运干草时，乔迪坚决地将小鹿拴在棚屋里，贝尼也拴住了狗。乔迪提了无数的问题："干草会染上病吗？""瘟疫会永远蔓延下去吗？""什么猎物能够幸免？"乔迪以为他爸爸什么都知道，但贝尼也只是摇摇头。

"看在上帝的份儿上，你安静点儿好吗？从来不曾发生过的事情发生了，谁会知道这些问题的答案呢？"

贝尼让他独自留下把干草装上车，自己骑马到福里斯特家打听消息去了。乔迪孤零零地站在那里，心中充满了不安。事情的发生找不到根源，却会造成很大的灾祸，就像熊和豹一样，但熊和豹至少还可以以饥饿为借口，瘟疫的发生却找不到任何借口。他不理解这个世界了。鹌鹑会死吗？火鸡会死吗？松鼠、狼、熊和豹会死吗？他想得出了神。

当远处传来马蹄声时，乔迪回过神来。贝尼的神色还是那么严肃，但由于跟福里斯特兄弟们诉说了一下，情绪没那么糟了。福里斯特兄弟早在两天前就发现这个情况了，他们说没有一种动物能幸免于难。他们看到猛兽们就在它们猎物的旁边死去或者快要死去，最后的结果都是一样的，弱者和强者一起倒地死去。

乔迪问："每一样东西都得死吗？"

贝尼严厉地说："我已经告诉你了，不要再问我。这些问题，你只能和我一样等着瞧。"

第五章

一　小鹿闯祸了

快到十一月时，巴克斯特和福里斯特两家人已经搞清楚了瘟疫的蔓延范围以及猛兽和猎物在冬季的数量。鹿的数量减少了一半，时而会有一只公鹿或者母鹿独自跳过栅栏，到空空的扁豆地里觅食。鹌鹑的数量跟往常一样多，但野火鸡大量减少。这验证了贝尼的预测——这次瘟疫与沼泽中的污水有关。因为火鸡常去那儿饮水觅食，而鹌鹑却不去。

鹿、火鸡、松鼠和负鼠都很少，狩猎一天也往往一无所获，那些损害人类的猛兽也少了很多。贝尼开始以为这会对家畜有利，但结果恰恰相反，它们因为食物匮乏，变得更饥饿和无所畏惧了。贝尼担心起自己的猪来，赶忙给它们造了一个猪棚，但几天后的一个午夜，牲口棚里传来阵阵哀号。狗被惊醒了，奔跑着叫起来。贝尼和乔迪穿上裤子，点起火把就跑。最肥的一头猪不见了。那一定是一只巨大的野兽，贝尼赶紧察看足迹。

"好大的一头熊。"他说。

老朱莉请求追上去，但贝尼认为，在黑夜里猎杀它，万一不能打死它，那就危险了。再者，足迹是新鲜的，明早再追也不迟，于是他们就回去睡觉了。天刚破晓，贝尼就叫来猎狗出去追踪，原来那足迹是老缺趾的。

贝尼说："我早该猜到是它，它不同于沼泽中的其他熊，它能逃过这次瘟疫。"

老缺趾是在离巴克斯特家很近的路上吃那头猪的。贝尼说："它还会回来吃它的，熊总是要把它杀死的猎物吃上一星期。"

"那我们不待在这儿，等它一来就捉住它吗？"

"我们可以试试。"

"明天吗？"

"明天。"

第二天，贝尼病倒了。他在床上躺了三天，抓熊的事也就放下了。

妈妈说："即使那些猪还没养肥，我也不愿意喂熊啊！"

贝尼好了以后，他们一致同意把猪全杀掉。乔迪不禁困惑了，那些活生生的动物，竟然变成了冷冰冰的供人吃的肉，但他也庆幸猪被杀掉了，这样就不用担心被熊偷袭了。猪的全身基本都有用处，只有像气管那样的东西才没有用处，只好丢掉。

　　他们一共杀死了八头猪，只留下了一头老公猪、两头小母猪和那头年轻的母猪——福里斯特家给他们的礼物。他们决定把它们放到树林里去，在黄昏时用厨房里的泔水和橡果喂养它们。到了晚上，为了安全起见，再把它们引到猪棚里关起来，除此之外的事也只能听天由命了。

　　那天的晚餐丰盛得像是过节。不久后，屋后菜园里的甘蓝、野芥菜就会长成，它们可以和火腿、扁豆一起烹调，用来制油酥面包的猪油渣可以用上好几个月，巴克斯特一家人可以很丰裕地过冬了。

　　伏在地上的甘蔗也慢慢生出了根须，必须把它们从泥土中拔出来了。乔迪赶着恺撒绕着甘蔗榨汁机一圈又一圈地打转，贝尼把那些细长的、纤维很多的甘蔗秆从旋转着的绞轮中塞下去。甘蔗汁的产量很低，而且不太甜，但屋里还是充满了甜蜜的香味。

　　玉米地遭到的损害并不大，脱粒的玉米可以在石磨中磨成细细的粉，然后再把它们收集到一个木桶里。乔迪每天都要待在石磨那很久，推着磨杆一圈一圈地转，这个工作虽然单调，却很愉快。乔迪累的时候，就坐在一个木桩上休息。

　　他对贝尼说："我在这儿想了很多事情。"

　　贝尼说："那很好啊，洪水就像你的一位老师。福里斯特兄弟和我本来已经商量好，准备这个冬季给你和草翅膀请一位老师的。

第五章

草翅膀死后，我想多捕一些野兽换点儿现钱给你单独请一位老师。可是，现在野兽这么少，估计换不到钱了。"

乔迪安慰爸爸说："这样不是很好吗？我已经懂得很多了。"

"这正说明了你无知，小家伙。我可不想你长大后什么也不懂，今年就让我先教你一些东西吧。"

这样自然不错，乔迪高兴地继续推磨。小旗过来时，他就停下让它舔漏下来的玉米粉。小鹿的胆子越来越大了，有时它会跑去丛林中逛上一个钟头，棚屋已束缚不了它了，它已经学会了踢倒隔板。奥拉曾经说过，小鹿会变得越来越野，总有一天会失踪。但她的话没有让乔迪感到苦恼。他明白，小旗不过是想舒展一下四肢，探索一下大自然。乔迪觉得，他们之间是能够互相理解和信任的。

一天黄昏，小旗做了一件很坏的事。贝尼一家把削好的番薯堆在后廊上面。当他们干活时，小旗逛到那儿，它发现用头去撞番薯堆番薯就会滚下来，它不停地用头去撞那堆番薯，直到它们滚得满地都是，还用它的小蹄子践踏它们。接着，番薯的气味吸引了它，它就去咬了一个，发现味道还不错，然后就一个接一个地乱咬一气。妈妈发现时，已经迟了，番薯遭到了很大的损失，她用扫帚驱赶小旗。乔迪推磨回来恰好看到这场景。这次贝尼也支持他妈妈了，乔迪的眼泪唰地掉了下来。

他说："它不知道自己在干什么啊！"

"我知道，乔迪，但结果就是它糟蹋了粮食。现在我们只剩下很少的口粮过冬了。"

"那么我不吃番薯好了。"

"没有人那么说。但你要管住它，这是你的责任，你不能让它闯祸。"

"可我不能又看住它又磨面。"

"那你就把它牢牢地拴在棚屋里。"

"它不喜欢那黑洞洞的棚屋。"

"那就用栅栏圈起来。"

第二天清晨，乔迪很早就起来了，他开始在院子的角落里动手搭栅栏。黄昏时，栅栏搭好了。第二天早晨他就把小鹿抱到那个栅栏中去，但他还没有走远，小旗就跳到了栅栏外面，又跟在他的背后了。

"别烦恼,儿子,让我们想想办法。我们可以把番薯盖起来。现在,你把栅栏拆下来,把它做成一个笼子围住那些番薯,把两面都盖起来,搭成一个尖角就可以了,我马上帮你做。"

乔迪用衣袖抹着鼻子，说："谢谢你，爸爸。"

番薯被盖起来后，问题就解决了。但小旗的好奇心始终让人恼火，它在熏房里用头撞着猪油罐，听到盖子掉到地上的声音，它还去看罐子里面是什么东西。幸好天气已转凉，猪油没有流出来。不过，这样的闯入是可以避免的，只要关上门就好了，乔迪已经留心这些琐事了。

贝尼说："你要学会小心谨慎地做事。你要学会如何去得到食物，但在得到之后，你更要留心如何保管好它们。"

二 狼来了

第一次严霜出现在十一月底，胡桃树的叶子变成了奶黄色，葡萄的藤蔓是金黄色的。早晨很凉爽，然后天气渐渐地暖和起来，最终又转为寒冷。黄昏时分，巴克斯特一家坐在今年第一次点起的炉火前面。

妈妈说："又到了烤炉火的时候了。"

乔迪趴在地板上，看着炉火，他常常能从炉火中看到草翅膀眼中的西班牙骑士，但只要火苗一动，西班牙骑士就骑着马跑了。

他问道："西班牙人有红披肩吗？"

贝尼说："我也不知道，儿子。"

妈妈惊奇地问："这孩子怎么总想这些呢？"

乔迪侧过身子，伸手搂住小旗，小鹿已经睡熟了。妈妈对它晚饭后留在屋里和夜晚睡在乔迪的卧室里都不见怪了，但她对小鹿依然冷漠。狗在房子外面睡觉，到了严寒的时候，贝尼也乐意把它们带进屋子。

妈妈正在将贝尼的一条裤子改给小乔迪穿。她说："要是你长得和冬天过的一样快，那我就要把你的裤子改小给你爸爸穿了。"

乔迪放声大笑，贝尼则假装勃然大怒。不管什么时候，妈妈的玩笑都能使人温暖。炉火嘶嘶作响，妈妈的摇椅也吱吱作响，大家沉默了下来。屋顶上的野鸭子向南飞，发出巨大的呼啸声。

贝尼准备去睡觉了。突然，狗儿们叫了起来，小牛也发出凄厉的叫声。贝尼连忙跑到厨房里去拿他的枪，乔迪也拿起那把前膛枪，妈妈点燃了一块木片，慢慢地探着路。外面一片漆黑，乔迪什么也看不见，只能听到一阵阵撕咬和咆哮的声音。

"咬住它们，老朱莉，拖住它们，瑞波。"贝尼不住地喊着。

乔迪接过妈妈手里的火把，高高举起，原来是狼群闯入牲口棚咬死了小牛。估计有三十多只饿狼在周围转悠，贝尼举枪就打，狼群掉过头去，涌出栅栏。瑞波在后面追咬着，贝尼也追着跑，他突然又放了一枪，狼群就像雷雨般消散了。贝尼转身回到院子里，被撕碎了的小牛躺在中间。

贝尼弯腰拉起小牛的一只蹄子，拖着它向屋里走去。乔迪发觉这是爸爸为防狼群再度来袭做的准备时，他不禁发抖了。妈妈来到门口，声音颤抖地问道："我从没这么害怕过，贝尼，又是熊吗？"

他们走进了屋子。贝尼答道："是狼群。"

"我的天！它们咬死了小牛吗？"

"咬死了。"

"我的天哪！"

贝尼把热水注入木盆里给狗洗伤口，伤口并不怎么严重。

"这些野兽，我希望猎狗每一次都能咬死一只。"他严肃地说。

"它们今晚还会来吗，爸爸？"

贝尼没有心情说话，直到把狗安置好，他才开口："现在是我最需要喝酒的时候，明天我到福里斯特家去要一升。"

"明天你到那儿去吗？"

"我要去寻求援助啊。我的狗虽然不错，但一个肥胖的女人、一个矮小的男人和一个一岁小鹿般的孩子，哪是那些饿狼的对手啊！这次我是真被吓坏了。"

一家人都上床睡觉了。乔迪确定窗户关紧了才去睡觉，他抱着小鹿一起睡，生怕它跑丢了似的。

第二天早晨，贝尼起了个大早，准备去福里斯特家。乔迪想和爸爸一起去，可是他妈妈坚决拒绝独自留在家里，她害怕狼群再度来袭。

贝尼走后，乔迪有些忐忑不安。他到灰岩坑里去挑水，回来时觉得有好多奇怪的声音。他急忙劈好柴，把厨房里的木柴箱塞得满满的。事情都做好后，他随手关上身后的厨房门，之后他就一直在看书，等着贝尼的归来。

贝尼回来时刚好赶上午饭，他吃饱后，点燃烟斗，斜靠在他的躺椅上。

贝尼说："让我告诉你们是怎么回事吧，和我想的一样，瘟疫中被打击得最惨的就是狼。它们来这儿的路上，一路咬着家畜，但很快就被人发现了，它们真是饿急了。前天晚上，它们咬死了福里斯特家的一头小母牛和一头小公牛。"

"我们要跟他们一起去打猎吗？"乔迪问。

"是的，但对于如何杀死它们，我们的意见是不一致的。我希望能进行两次围猎，福里斯特兄弟却主张下毒。我可不愿意那么做。"

妈妈生气道："你可真是好心肠。你宁愿那些家伙杀死我们的家畜，也不愿意毒死它们。"

"但是，那样的话别的无辜的动物也会遭殃的。"

"这样总比让饿狼赶走我们好得多。"

"如果你们也觉得下毒好，"他说，"那你们就如愿了，他们已经决定到处去下毒了。"

妈妈转身去干家务了，乔迪也偷偷地溜进卧室。他解开了小旗，带它到树林里散步，因为不安心，所以没带它走很远。太阳还没下山，福里斯特三兄弟骑马过来了，他们是来通知贝尼下毒的确切地点的，这样可以使他的狗不走那条路。贝尼也只能接受这一现实。

"好吧,我会把狗拴一星期的。"

他们喝过水就走了,他们得在天黑前赶回家去,因为狼群还可能再次袭击。一家人都爬上床了,乔迪躺着冥想,他听见贝尼和他妈妈说:"我告诉你一个消息。巴克告诉我,奥利弗乘轮船从杰克逊维尔到波士顿去了,他想在出海前在那儿暂住,他曾经给过温克一笔钱。她已经偷偷溜到杰克逊维尔去了,准备从那儿乘船去找他。雷姆大怒,他说,如果碰到奥利弗和温克,他非把他们两个杀死不可。"

她说:"如果那姑娘是忠诚的,奥利弗怎么不跟她结婚呢?如果她只是个淫荡的女人,他又干吗跟她在一起呢?不论怎么说,他不该叫她这样跟从他。"

乔迪同意妈妈的话,如果他再碰到奥利弗,也要把自己的看法告诉他。想着想着,乔迪睡着了。

三　一窝小熊

福里斯特兄弟的毒药一星期就毒死了三十只狼。之后,贝尼同意用陷阱和枪这两种合法手段去协助消灭它们。一天夜里,它们侵袭了福里斯特家的畜栏,杀死了一头小牛,福里斯特兄弟打死了其中的六只狼。

一天黄昏，巴克跑来请贝尼参加他们第二天破晓时分的狩猎。他们听到福里斯特岛附近有狼在号叫。贝尼欣然接受了他们的邀请，他们约定，在破晓前一个钟头左右，贝尼在指定地点等他们。

巴克骑马走了。贝尼准备好弹药，巴克斯特一家很早就睡觉了。乔迪正睡得香的时候，贝尼摇醒了他，这时候天还没有亮。乔迪在温暖的床上挣扎了一会儿就起身了，他来到厨房，妈妈正在准备早饭，她说："要是早饭做迟了，你们就不能履行约定了。"

乔迪先去喂了小旗，他抚摩着它，对它说："你要乖乖地等我回来，我会给你讲打狼的故事。"之后就走进屋里。这时贝尼也挤完牛奶回来了，他们匆匆地吃完早饭就出发了。他们比福里斯特兄弟到得早，不一会儿，福里斯特兄弟们也骑马到了。

一行人马出了丛莽，进入一片开阔的草原。远处出现了一个猎物经常出没的深潭，巴克、雷姆和贝尼下了马，将狗拴在树上。

米尔自言自语道："我不记得水潭周围有这么多树桩啊。"

他正说着的时候，树桩开始动了。乔迪眨了眨眼睛，原来树桩是许多小熊，约莫有十多头，两头大熊在前面缓缓地行走。贝尼感到有东西在西北面移动，狼的形状依稀可见，它们悄悄地溜过来了。老朱莉敏锐的鼻子也嗅到了气味，它抬高鼻子，呜呜地叫着。

贝尼说："我们派个人到南面沼泽地去赶它们，它们想再跑回去就来不及了，一定会朝这个树林跑过来的。"

大家立刻同意了贝尼的主意。

"乔迪，你去吧。你沿着树林边骑马跑下去，你跑到那棵高大的松树对面，就向右折回，穿过沼泽朝我们跑过来，之后在狼群后面乱射一枪，不用瞄准狼。快去吧。"

乔迪骑着恺撒疾驰而去。他心跳得很快，紧张到不行，他几乎是盲目地骑着马奔跑，而瞬间似乎又有了勇气。他到达那棵松树对面，那些狼顿时显得慌乱了。乔迪举起前膛枪放了一枪，它们瞬间乱成一团，向丛莽奔去。接着传来了不断的枪声，那枪声简直是音乐。他完成了任务，骑马按原路返回。

贝尼的计划圆满地完成了，一群灰色的尸体散布在地面上。

贝尼兴奋地说："你们看那些小熊，把它们活捉怎么样？运到东海岸，它们能卖个好价钱。"

大家再一次响应着贝尼。一会儿的工夫，所有小熊都被捉了起来，足有十头。

巴克说："要是草翅膀看到这些小熊，他得多高兴啊！"

乔迪走近它们，跟它们说话。它们用后腿站起来，抬起尖尖的小鼻子嗅着他。

他问："你们全都活着，不高兴吗？"

他走得更近，试着伸手去摸小熊。小熊伸出锐利的爪子，嗖的一下擦过他的袖口，他往后一跳。

他说："它们不知道感恩，我们把它们从饿狼的口中救了啊。"

贝尼说："我不是告诉过你，一对孪生小熊，必有一头和善的，一头凶恶的吗？你恰恰挑了一头凶恶的，你再挑一头和善的吧。"

"我不想挑了，随它们去吧。"

大家决定留下甘比和米尔看守那几头小熊，其余的人回福里斯特岛，驾大车来装小熊。

"现在，我们商量好去哪里卖它们吧。"贝尼说，"我和乔迪还不如就此回家，顺路再干点儿自己的事。"

"圣奥古斯丁最好，但如果价钱不合适，还要去杰克逊维尔试一下。"

贝尼耐心地问："那就直接去杰克逊维尔。谁去呢？"

福里斯特兄弟们面面相觑。

贝尼说："你们几个，只有巴克既能跟别人谈交易，又不会吵架。"

雷姆说："我必须去。"

米尔说："我也得去，你看我还要带一大桶东西去交易呢。"

贝尼说："好吧，我也并不太想去。巴克，你会替我留意我那份钱的，也会替我买些东西的。你们什么时候走？明天吗？如果明天你们能在我家停一下，我和奥拉会请你们带些东西的。"

"你知道的，我向来不会失信于人。"

一群人分开了，福里斯特兄弟向北走，巴克斯特父子向南走。

乔迪身体有些不适，贝尼立刻扶他下马，给了他些吃的。

贝尼说："儿子，你和我小的时候一样，对每件事情都太过认真，以至于耗费太多的心力。"

乔迪看了看贝尼，吃过东西，他已经觉得好些了。

"当着那么多人的面，我刚才没有夸奖你，但儿子，你今天真的做得很漂亮。"

乔迪有些羞涩地低下了头。

他们上了马，继续前进。十一月的天气是凉爽的，阳光像一只温暖的手，抚摩着他们的肩膀。乔迪想到，回到家后他有好多事可以告诉小旗，不禁愉悦起来。他喜欢和小旗说话，他可以描述一切而不必努力用言语表达出来。他也喜欢和爸爸交谈，但他总是不能找到合适的话来表达自己的意思。

而跟小旗在一起，他只要说上一句："那边来了狼群，向水潭边偷偷地溜过来。"就可以看到整个事件一幕幕的场景，而且还能重新感受到当时那种兴奋、恐惧和狂喜的心情。小旗会用鼻子来碰他，用它那水汪汪的眼睛看着他，而他也会觉得它是了解他的。

他们已走上了通向刺柏溪的路，溪水已经恢复了正常的水量。贝尼想猎杀一条鳄鱼，于是他们跳下马，将恺撒拴在一棵树上，然后沿着小溪侦察鳄鱼的踪迹，但一条也没看见。他们沿着溪岸继续走，贝尼发现对岸有一个新的鳄鱼泥坑，于是他在一丛悬铃木后面趴下来，乔迪也在他后面趴了下来。奔流的溪水中，突然响起了一阵骚动，一条两米多长的鳄鱼出现了。贝尼瞄准它开枪，鳄鱼随即沉没在泥浆中。贝尼和乔迪跑到对岸的泥坑那儿，鳄鱼那宽阔扁平的双颚正在机械地一张一合。贝尼用一只手捏住它的双颚，用另一只手拉住它的一只前脚。乔迪也抓住了它，他们一起把它拉到地上。

他们休息了一会儿，然后开始割鳄鱼尾巴上的肉。贝尼把皮翻了过来，把一层层的脂肪也割下来。当干完这些之后，他俩坐下来吃了些包裹里的点心。

贝尼瞧着自己渐渐鼓起来的肚子，说："我很高兴，能有这么多东西给你吃。当我是个孩子时，我的兄弟有一大群，我的肚子常常是瘪瘪的。"

他们舒适地仰天躺着。过了一会儿，贝尼懒洋洋地站起来，把食物碎屑喂了狗，又牵着恺撒到溪边饮水。接着，他们上了马，朝巴克斯特岛走去。在途中，老朱莉嗅到了一道野兽留下的足迹，贝尼弯下腰来察看。

"这是一只公鹿的新鲜足迹。"他说，"我想让它去追踪。"

老朱莉摇着尾巴，鼻子紧贴着地面，开始向前奔跑。足迹在路上延伸了几百米，之后向右拐了弯，老朱莉轻声叫着。

贝尼说："我敢打赌，它肯定在树丛里。"

第五章

他跟着狗，催马跑进树林。老朱莉高声尖叫指示着猎物。一只公鹿支着膝盖站了起来，公鹿的角已经长成，它不但不逃走，反而低下头挺着角来抵抗狗，因为在它后面有一只母鹿。由于洪水的原因，鹿的交配期推迟了，那公鹿正在求爱，而且准备跟别的公鹿角斗。贝尼惊异地收住了枪，老朱莉和瑞波也跟他一样好奇。它们不怕熊、豹子和野猫，但它们不明白一定会逃跑的猎物为什么会抵抗。老朱莉试着去咬住它的咽喉，却被它用角一抵，扔到矮树丛里去了，老朱莉并未受伤，它回来后又准备行动。瑞波在攻击公鹿的后方，那只公鹿又对它进攻了一下，然后在猎狗的逼迫下站定了，低着头，挺着角。

贝尼说："抱歉了，老家伙！"接着就开了一枪。

公鹿应声倒下。

贝尼说："现在我可真讨厌这么干。"

乔迪和贝尼步行着，恺撒驮着公鹿。乔迪精神振奋，就像一天才开始似的，他跑到前面，狗儿们跟着他。他们到家时才刚过正午，妈妈没想到他们回来得这么早，她听到声音就出来迎接他们了。她一看到猎物，脸上立刻布满了笑容。

"你们带了这么多野味回来，就算我独自在家里也没关系。"她叫道。

乔迪立刻滔滔不绝地谈论起来，妈妈只顾着看肉的好坏，没理眯他。于是他一下子溜进棚屋去看小旗了，他让小旗嗅他的手、衬衣和裤子。

"这是熊的气味，你一嗅到它就要逃走。这是狼的气味，发过大水后，它们比熊还坏。今天早晨我们把它们都打死了，这儿的另一种气味是一只公鹿的。"

小旗摇着白尾巴，晃晃脑袋，跺着小蹄子。

他解开它的束缚，将它带到外面。他们一下午都在剥皮和切肉，晚上，妈妈做了一顿丰盛的晚餐。贝尼和乔迪先狼吞虎咽了一番，但吃到一半的时候，突然觉得疲乏到了极点，没什么胃口了。乔迪离开桌子来到小旗身边。太阳刚落下去，他就觉得背部酸痛，眼皮也沉重得抬不起来了。他打着呼哨把小旗召唤进来，就一头栽倒在床上，睡着了。

一整晚，贝尼和奥拉都在讨论他们冬季的必备物品。最后，奥拉起草了一张购货单，上面写明了要买的东西。

第二天早晨，福里斯特兄弟的车停在了巴克斯特家的门口，巴克、米尔和雷姆挤在车座上，巴克斯特一家跑出来迎接他们。小熊用绳子和链条捆绑着，装在车的后面，一大桶走私的威士忌酒也放在里面。

巴克接过巴克斯特家的购货单。

他说："这上面似乎写了一大堆东西啊，要是卖不上好价钱的话，我该删掉什么呢？"

第五章

"格子布和家用粗布。"妈妈说。

贝尼说："不，巴克，一定要买来奥拉要的格子布。最需要的是格子布、斧头、弹壳和铅条，还有给乔迪的深色蓝布。"

巴克喊道："好的，要是钱不够，我们就停下来再捉几头小熊。"他举起缰绳抽打着马背。

雷姆忽然叫道："把车停下，你们猜我看见了什么？"

他用手指向挂在熏房外面墙上的那张公鹿皮，接着就从货车上跳下来，推开前门，大步向熏房走去。他走到贝尼身边，直接给了他一拳，贝尼的脸变得煞白，巴克和米尔急忙跑了过来。

雷姆说："你不要对我说谎，你当时偷偷离开，不就是去打公鹿的吗？"

贝尼说："那是我偶然碰上的。"

"你说谎！"

贝尼不理雷姆，转向巴克。

他说："巴克，我从不会撒谎。要是你们知道这一点，就不会在狗的交易上失败了。"

巴克说："贝尼，你不要理他。"

雷姆转过身去车里了。

巴克低声说："真对不起你，贝尼。他现在下贱到极点了，自从奥利弗带走了温克他就这样了。"

贝尼说："我本想在你们回来时分四分之一的鹿肉给你们，但这件事，巴克，我不能原谅！"

"我不怪你，买东西的事，你就不用担心了。"

他们回到了车上。巴克拉起缰绳，勒转马头就出发了，乔迪和贝尼看着远去的货车。贝尼走到屋子里，坐了下来。

妈妈问："你为什么要挨他的打？"

"两个人争吵，一个人不理性，另一个就一定要冷静。我跟他打架，身材不占优势，我只能拿枪打死他。我要是杀了人，这比一个无知家伙的卑劣举动还要严重。"

他觉得很难过，说："我只想平平安安地过日子。"

出乎乔迪的意料，妈妈说："嗯，你是对的，但不要再想这件事了。"

乔迪不理解爸爸，也不理解妈妈。他对雷姆充满了憎恨，但爸爸那么轻易地放过了雷姆，让他感到很失望。他现在迷惑了，他刚决定把对奥利弗的忠诚转向福里斯特兄弟们，雷姆就又欺负他爸爸。他最后这样解决了矛盾：他决定只恨雷姆，而仍旧喜欢其他的人，特别是巴克。

第五章

四　树林里鸟在唱歌

十二月转眼就到来了，野鸭离开了硬木林中的窝，从湖泊飞向池沼，又从池沼飞回湖泊。乔迪不明白，为什么有的鸟在飞翔的时候会鸣叫，而有些却静悄悄的。鹤只在飞翔时才发出沙哑的叫声；鹰在高空中尖叫，栖息在树上时却动也不动，就像被冻住了一样；啄木鸟飞过时乱哄哄地鸣叫，但落到树干上就没有声音了，只是啪嗒啪嗒地啄着树皮；鹌鹑只在地面上鸣叫，而士兵般的乌鸦则只在树丛中发出叫声。

巴克已在杰克逊维尔把小熊卖了好价钱，他不但把奥拉单子上的货物都买了回来，还给了他们一小袋银币和铜币。自从雷姆打了贝尼，福里斯特和巴克斯特两家的关系又紧张起来了，现在他们交了钱物后就上马走了。

贝尼说："雷姆可能已经说服了他的兄弟们，让他们相信我欺骗了他们，独自去打死了那只公鹿，但总有一天他们会把事情搞清楚的。"

妈妈说："不跟他们来往也没什么不好。"

"奥拉，咱们可不能忘记，当我被响尾蛇咬伤时，巴克是怎样帮我们的。"

"我没有忘记。但雷姆可真像一条响尾蛇，只要听到叶子沙沙响，就会回过头来咬你一口。"

工作很轻松，因此乔迪和小旗能够经常在一起玩耍。小旗长得很快，它的腿开始变得又细又长。有一天，乔迪突然发现小旗婴儿时期的标记——那些淡淡的斑点，都消失了，于是他立刻去看小旗的头顶，看它长鹿角了没有。贝尼看着他，不禁笑了起来。

"哈哈，它要满一周岁才会有角呢。"

乔迪感到很满足，也很温暖。他每天都会带着枪和弹药袋，和小旗到树林里去。橡树林的树叶不再发红，而是变成了深棕色。每天早晨都有严霜，这使丛林闪闪发光，好像是千百棵圣诞树组成的树林一般。这使他想起，圣诞节快到了。

贝尼说："节前这几天我们就随便逛逛，圣诞节那天我们到卢西亚镇去，圣诞节过后我们再干活。"

在灰岩坑附近的松树林里，乔迪找到了好些念珠豆，他把那些红色种子采下来，放在口袋里。他又从妈妈的针线筐里拿了一根针和一段棉线，当他出去闲逛时就把它们带着。他坐在一棵树下，然后认真地把那些红豆穿在线上，准备穿成一串项链送给妈妈。

妈妈说："我们要去卢西亚镇过节，我想先到镇上买些东西。我得给自己买三米羊驼呢，这样才像样。"

贝尼说："你可以花掉我全部的钱，但你说只要三米羊驼呢，那还不够做一条裤衩。"

"我是用来改那件结婚礼服的。我现在身高没变，只是长胖了点儿，所以我想在那件衣服前面接上一块羊驼呢，这样就合身了。"

贝尼拍着她宽阔的脊背。

"你别生气，亲爱的，你确实需要。"

她很感动，说："我从来不曾向你要过什么，现在我也只要一点儿而已。"

"我知道。我真想买一匹丝绸来给你啊。"

她说："明天我就想去卢西亚镇。"

他说："我和乔迪去打一两天的猎，这样我们就能带一些野味和兽皮到店里去，也可以换我们想要的东西了。"

狩猎很顺利，他们猎到一只巨大的公鹿和一只小鹿。

第二天一早，贝尼说："我们要说好，今晚我们住在哈托奶奶家还是回来。要是我们住在那边，乔迪就得留在这儿挤牛奶、喂狗和喂鸡。"

乔迪说："屈列克赛的奶快干了，爸爸。我们可以留些饲料，我也想去。"

贝尼问奥拉："今晚你愿意住在那儿吗？"

"不，我可不愿意在那儿住。"

"那好，我们不住那儿了，乔迪，到那儿你可不要要求住下啊。"

"小旗怎么办？它能一起去吗？"

贝尼说："儿子，把它拴起来，忘掉它吧。你总不能像个女孩子抱着布娃娃似的，抱着它到处走呀。"

他不情愿地把小旗拴在棚屋里，然后去换衣服了。巴克斯特一家人经过一番精心的打扮，才乘车出发。路途很颠簸，却使人感受到另一种乐趣。乔迪不禁想到了哈托奶奶，他想要是她知道他痛恨奥利弗，她一定会诧异的。所以，他不打算将他要跟奥利弗一刀两断的事告诉她，并且他决定要礼貌地问候奥利弗的健康。

贝尼在河的西岸向东喊叫渡船，一个孩子出现在对岸，他从容不迫地把船划过河来。乔迪忽然觉得那个孩子的生活很自由，但他又忽然觉得那生活也不是十分自由，因为那个孩子不能打猎，不能在丛林里闲逛，而且也没有小旗。他和那个孩子打了声招呼，那个孩子长得很丑，只是低头帮着把马和车子拉上了渡船。

乔迪问道："你有枪吗？"

那个孩子摇了摇头，然后就呆呆地一直望着东岸。乔迪怀念起

第五章

草翅膀来他们家时，草翅膀总是不停地和他说话。奥拉急于先去做交易，于是他们先驱车来到鲍尔斯的店里。鲍尔斯并不急于做交易，他希望听听丛林中的消息。

妈妈说："你们先让我做好交易再慢慢谈吧。"

鲍尔斯很快地称好肉。由于鹿肉奇缺，并且有人向他订货，每张鹿皮他可以付五美元，这价钱比巴克斯特夫妇所希望的还要高，但她想买的棕色羊驼呢已经卖完了。

鲍尔斯说："为什么不从这匹黑羊驼呢上剪一段料子来做一套新的呢？"

她摸着它，但由于价钱太贵，所以没同意买。最后，她买了做圣诞饼的香料和葡萄干。

她说："乔迪，你出去看看恺撒有没有挣断缰绳。"

乔迪有些茫然地看着她，他知道妈妈要给他挑个礼物，但这个理由实在太烂了。他出去转了会儿，觉得时间差不多，就进屋来了。

妈妈说："你跟我一起走，还是跟你爸爸留下来？"

他高声回答："我和爸爸一起过去吧。"

奥拉走了出去，贝尼看着她的背影，不禁皱起了眉头。

贝尼说："我用这些皮直接换你一段黑呢衣料，你看如何？"

鲍尔斯勉强地说："换了别人，我可不答应，但你是老顾客了，那好吧。"

然后他们的谈话开始了。店里没有其他顾客，鲍尔斯就给自己和贝尼拿了凳子，坐了下来。贝尼重述了打狼和猎熊的事，又谈到自己被响尾蛇咬的经过。乔迪听着贝尼的描述，仿佛重温了一遍夏天的生活。鲍尔斯听得入了迷，一个顾客进来了，他才勉强站了起来。

他去招呼客人，但他对贝尼的故事颇有点儿依依不舍。贝尼和乔迪也随即去哈托奶奶那儿了。奶奶和奥拉正一起坐在屋子的炉火边，两个人似乎在争吵些什么，奶奶一看到乔迪，就来到门口拥抱了他，贝尼也进了屋。

他说："真好啊。我最心爱的两个女人，正在火炉边一起等着我。"

奶奶说："要是这两个女人能相处得好，那就更好了。"

"我知道你们有些小矛盾，"他说，"你们知道为什么吗？奶奶，你是嫉妒我跟奥拉住在一起。奥拉，你嫉妒奶奶比你漂亮。"

他这么一说，两个女人都笑了起来，争吵也就停止了。

奶奶说："午餐已经准备好了，你们可要好好吃一顿啊。"

午餐吃得很愉快。妈妈说："我们圣诞节打算到镇上来过。"

"那好极了。你们全家来我这儿过吧，怎么样？"

贝尼说："好极了，我可以弄些野味来。"

乔迪突然想到了小旗，他焦急地说："我不能来，我要留在家里。"

奶奶说："怎么了，孩子？"

乔迪说："我有一只小鹿。"

奶奶说："为什么不能带它一起来呢？"

乔迪张开双臂抱住了奶奶。

"你会喜欢小旗的，奶奶。它很聪明，也很可爱。"

奥拉去花园赏花了，贝尼和奶奶说着奥利弗的事情，然后就开始收拾起他们的篮子、袋子和购买的东西。乔迪想知道他的圣诞礼物在哪个袋子里，但它们看上去都一样。他想也许妈妈真的是让他去看恺撒脱缰了没有，什么也没给他买。在回家的路上，他不断试探着。

"你去问车轮好了。"她说。

听了她这样的回复，他确定妈妈一定给他买了礼物。

五　圣诞节到了

圣诞节前一个星期，母牛生下了一头小母牛，巴克斯特家也因此充斥着欢乐，圣诞节成了一家人谈论的唯一话题。现在小牛出生了，母牛的奶水就不会断了，圣诞节前夕全家就可以在外面过夜了。

妈妈在最大的灶台上烘烤了一个果子蛋糕。这个蛋糕花去了全家整整三天的时间：一天准备，一天烘烤，还有一天赞美。乔迪从未见过这么大的果子蛋糕，他妈妈也很得意。

蛋糕完成的那天晚上，贝尼把那块黑羊驼呢料子给了奥拉。她看看他又看看那块黑呢料子，不禁哭了起来。乔迪很吃惊，以为她是失望了。贝尼走到她身边，将手放在她头上。

他说："我没为你做过什么，这次你感动了？"

乔迪这才恍然大悟，妈妈留下的是欢乐的泪水。她擦干了眼泪，将呢料放到膝盖上，一遍又一遍地抚摩着。

她说："我要尽快把这件衣服赶出来。"

她日夜赶工地缝制了三天。衣服终于做好了，她在外面盖上一张纸挂了起来，避免它沾上灰尘。

圣诞节前四天，巴克来访问他们，他还是那么好脾气。老缺趾去了福里斯特岛，在那附近的硬木林里杀死了一头公猪。那杀害不是为了觅食，而是公猪和老缺趾搏斗了起来。他们是在事情发生的第二天才发现的，去追踪它已经太迟了。贝尼感谢他带来了消息。

"我该在畜栏里设一个陷阱，"贝尼说，"因为我们都准备到

第五章

河边去过圣诞。"他犹豫了一下，又问，"你们去吗？"

巴克也犹豫了。

"我想不会吧，我们不想和卢西亚镇那些人混在一起，雷姆还会和奥利弗的朋友打架，我们应该在家里过圣诞节，不过也可能上葛茨堡。"

贝尼给那架最大的捕熊机上了油，他打算将母牛和小牛一起关进牲口棚，把捕熊机放在门外。乔迪将念珠豆串成的项链擦得锃亮。他希望看到妈妈戴上这串项链。没有礼物送给爸爸，他为此而不安。下午，他来到长有接骨木的洼地，割下一段骨木，制成烟斗柄，又用黏土做了一个烟斗。贝尼告诉过他，印第安人住在这儿时，就是用接骨木做烟斗柄的。乔迪不知道要送给小旗什么礼物，但他想，只要多给它一块玉米面包，它就该高兴了。

那天晚上，乔迪去睡觉后贝尼一直没睡。他神秘地敲着、拍着，无疑是在做一件跟圣诞节有关的东西。剩下的三天显得比一个月还要长。

第二天一早，贝尼想引小牛去母牛那儿吃奶时，却发现小牛不见了。他跑进畜栏察看地上的足迹，那竟是老缺趾的。贝尼跑回屋子说明了情况，他的脸由于愤怒和沮丧而变得煞白。

他说："我受够了，这次我一定要追上它，和它拼个你死我活！"

他立刻动手用油擦枪和准备弹药。

"给我带上面包和烤番薯，奥拉。"他说。

乔迪胆怯地问："我能去吗，爸爸？"

"你要能跟上我的脚步，你就去。"

"可以带小旗去吗？"

"这我不管，出什么事你自己负责，别向我求救。"

贝尼跑进熏房割了点儿喂狗的鳄鱼肉，又来到院子，吹着口哨召唤着猎狗，并命令老朱莉去嗅熊的足迹，老朱莉叫着跑了出去。乔迪还没准备好，贝尼就出发了。

乔迪喊着小旗，发狂地追赶着贝尼，当他赶上贝尼时，已经上气不接下气了。在向西一千六百米的地方，他们发现了小牛的残骸。

贝尼说："它大概就在这儿不远的地方吧。"

他们一直快速地前进，直到中午才停下来休息，他们从来没有过如此急速和剧烈的行动。愤怒的情绪和复仇的心情代替了打猎的乐趣，父子俩吃了些东西，又喂了狗，就出发了。

老缺趾的足迹穿过丛林，突然又回到了霍布金斯草原。贝尼的脚步还是飞快，乔迪却累得要命，但他不敢吱声，只有小旗还欢乐地玩耍着。熊的足迹在接近乔治湖的地方突然转回南方，然后又转向东方，消失在黄昏的沼泽中，此时太阳正在落山。

贝尼说："它想再去吃小牛，我们回家去对付它。"

回家的路并不长，乔迪却看不到尽头，贝尼依旧不知疲倦地赶路。

当他们到家时，天已经黑了，但贝尼立刻把那架捕熊机放到滑橇上，把恺撒套到橇前，让它拉到小牛的尸体那儿去。

这些完成后，贝尼和乔迪就回家了。他们走到屋子里，晚饭已经准备好了。贝尼很快地吃完了饭，就上床去了。

"奥拉，你能拿些豹油来给我擦擦背吗？"

妈妈开始在他身上揉搓起来，乔迪站在一旁观察着。

"儿子，你怎么样，还好吗？"

"吃过东西觉得好些了。"

"一个孩子的力气全在于肚子的饥饱，奥拉。"

"什么？"

"我要在破晓前吃早餐。"

他闭上眼睛沉沉地睡去，乔迪也去睡了，只有妈妈去准备早饭了。

清晨，乔迪醒来后，还是觉得迷迷糊糊的。他穿好衣服来到厨房，贝尼已经在那儿了。

贝尼说："早安，儿子。你还准备去吃更大的苦头吗？"

乔迪点点头，说："现在就去，不早吗？"

"我们到那儿也就不早了。"

黑暗的早晨冷得彻骨。他们直接向昨夜安放陷阱的地方前进，因为它设置在一个比较空旷的地方。他们在几百千米外停了下来。乔迪已经冻得麻木了，贝尼也在瑟瑟发抖，太阳缓慢地升了起来。

他们举起枪向前爬着，由于光线不足无法看清足迹，他们还判断不了老缺趾是否来过。

阳光照亮了树林，贝尼仔细察看着地面的足迹，他忽然气愤地说："真是该死的家伙！"

乔迪也看得出来，地上并没有新的足迹。

"它不在附近，"贝尼说，"它故意不按常理行动。"

他直起腰，叫回两条狗，转身回家。在回家的路上他都没有说话。

他们到家后，贝尼去拿了件厚的衣服披在身上，对着厨房喊道："奥拉，给我准备好面粉、熏肉、盐、咖啡，把它们都装进背包。"

乔迪跟着他，问道："我也要穿上厚衣服吗？"

"是的，你要去的话，就准备好一切。"

"今天晚上你们不回来了吧？"

"也许明天晚上也不回来，也许要去上一个星期。"

她有点儿呜咽了："可明天就是圣诞前夜啊。"

"我也没有办法，我一定要追上它。"

她眼泪汪汪，但也没说什么，只是把食物装进了背包。乔迪从木桶中偷偷舀了些玉米粉，藏在自己的背包里，准备给小旗当饲料。贝尼已经背上背包，拿起了枪。乔迪也兴奋起来，他们要杀的是老缺趾啊，他也背起背包，跟在贝尼后面。

他们循着它的足迹一直向北。那些足迹延伸到霍布金斯草原，

221

然后又转入潮湿的沼泽地，追踪很困难。老朱莉跳到水里，不时地舔着水，寻找熊的气味。贝尼也在仔细地察看着足迹，要是他在老朱莉发现之前找到了它，他就吹起打猎号角，叫老朱莉来嗅。

"它刚从这儿过去，快去追上它！"

瑞波紧跟着贝尼，小旗却到处乱跑。

中午，他们吃了冷冰冰的食物，但心情很好，他们觉得它可能绕个大圈去福里斯特岛或者巴克斯特岛。

"福里斯特家的公猪伤了它，它是不会不介意的。"贝尼说。

但到了下午，那巨大的足迹又折了回去，向东进入了沼泽，追踪变得相当艰苦。傍晚时，老朱莉突然叫起来，并向前冲去，贝尼拔腿就跑。

"老朱莉快追上它了！"

老缺趾飞速地前进着，它途经的地方，树木都应声倒下。贝尼和乔迪汗如雨下，老朱莉发出一阵失望的哀叫，它没有追上熊。沼泽变得十分湿滑，前面的路更不好走了。

贝尼喘着粗气说："我们可能又让它溜了。"

贝尼缓了口气，就又开始追踪了。他们穿过一片空地，老缺趾映入了眼帘。老朱莉追着它，它却扑通一声跳进了溪流里，奋力向对岸游去。贝尼举起枪来射击了两次，老朱莉在溪边停下来，蹲在那哀叫着。老缺趾已爬上了对岸，贝尼拿过乔迪的前膛枪就打，老缺趾跳了一下。

贝尼喊道："我打中它了！"

但老缺趾继续向前跑去，贝尼逼着狗去追，但它们拒绝游过这条溪流。他失望地坐在地上，摇着头，但随即站了起来，把两支枪重新装上弹药，沿着溪岸向北前进了，乔迪只得拖着沉重的腿在后面跟着。

贝尼突然自言自语起来："我记起来了，她的家就在那边……"

他们来到了一个能俯瞰小溪的悬崖边，悬崖顶上有一间茅屋。贝尼在屋子后面转了一圈，又从一扇开着的窗户向屋子里看了一下。

"她不在家，但我们也要进去。"

乔迪满怀希望地问："今天晚上我们就从这儿回家吗？"

贝尼转过身来，注视着他。

"回家？我不是说过我一定要打死它吗？你可以自己回去。"

乔迪从未见过爸爸这么冷酷，他只好跟在爸爸后面，狗儿们也卧在地板上，喘着气。贝尼生了火，简单地做了点儿晚饭。这顿饭吃得很沉默，乔迪觉得像和陌生人吃饭似的。黑夜来临了，严寒彻骨，贝尼把炉火里填满柴火，就躺下了。

他和蔼地说："你也躺下吧，儿子。我们明天一大早就得出发呢。"

贝尼似乎和蔼了些，乔迪才敢问他："爸爸，老缺趾会经过这儿吗？"

"不会的。我不想在这里多待，它已经受了伤，我想沿着河岸

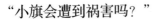

绕过溪流，从对岸下来，去它钻进树丛的地方。"

"小旗会遭到祸害吗？"

"你把它带来，应该知道后果吧。"

"我没有忘记，我……"

贝尼的心软了下来："不要担心，它不会失踪的。"

"这是谁的屋子，爸爸？"

"原来是一个寡妇的。"

"我们进来，她会生气吗？"

"要是这房子还是她的，她是不会生气的。在我跟你妈妈结婚前，我常常到这儿来向她求爱。你去睡吧。"

乔迪想着小旗，想象着它在树林里迷了路，又冷又饿，后面还有一头豹子在追赶它。没有小旗，他感到寂寞，他在忧虑中睡着了。

早晨，乔迪和贝尼都睡过了头，他们被车轮子的辘辘声惊醒。贝尼跑去开了门，一个中年女人走进屋来，后面跟着个小伙子。

她叫道："我的天哪！"

贝尼上前说答："哈哈，南莉，看来你摆脱不了我了。"

他向她微笑起来，说："这是我儿子，乔迪。"

她看了乔迪一眼。她很漂亮，也很丰满。

"他长得挺像你的。这是我的侄子亚萨。"

"这是麦特的孩子？我第一次看到你时，你还只有垃圾桶那么大呢。"

女人说："那请你告诉我，为什么擅自用我的屋子？"

她的口气是嬉笑的，乔迪很喜欢她，她跟哈托奶奶一样，都是让男人们感到舒服的那种女人。

贝尼说："先生起火吧，我冻得都要说不出话了。"他跪倒在火炉旁。亚萨和乔迪出去抱木柴了。

贝尼开始说话了："南莉，你真是我的天使。我们已经追踪一头熊两天了，它杀了我家太多的家畜。"

她插嘴说："是那头缺了一个脚趾的熊吧？它去年吃了我家所有的公猪！"

"对，正是它。我们从家里出发追它，一直追到南端的沼泽地，但我离它还是太远了。我开了三次枪，最后一次才打伤了它。它泅水过溪，但狗不肯下水。"

"在我这儿，没人比你更受欢迎了，但下次来，你最好提前打招呼啊。你们现在准备怎么做？"

"吃完早点就出发，我想从小溪里蹚过去。它就是逃到了对岸。"

"贝尼，你没必要那么做。我有一个独木舟，虽然有些漏水，但还可以用，这样你能少走很多路。"

他们开心地聊着。她开始在厨房里忙碌起来，贝尼也不那么着急了。

"亚萨和你住一起吗？"

"不，他这次是陪我到河边去参加圣礼的。"

"我们本来也准备去的。"他忽然想起奥拉来，"我的妻子现在在那儿呢，你告诉她碰到过我们，这样她就不会担惊受怕了。"

"贝尼，你真是个会关心妻子的好男人。你没向我求过婚，但我真后悔没鼓励你这么做。"

"我的妻子可能因为鼓励我这么做而后悔呢。"

"没有人能预知自己真正渴望的东西，等到知道却又太迟了。"

贝尼沉默了。

早餐很丰盛，南莉喂饱了贝尼的狗，还做了午饭招待他们，他们恋恋不舍地离开，去找独木舟了。狗儿们不愿意到独木舟上去，乔迪用手按住它们，它们才勉强静下来。水冰凉冰凉的，贝尼艰难地划到了对岸。冰水渗入到靴子里，他们的脚都冻麻了，狗也冷得瑟瑟发抖，抬头望着贝尼。

贝尼放慢了脚步，仔细地研究着冰冻的地面。他假装发现了足迹，向老朱莉喊道："它刚从这儿过去了，快追上它。"老朱莉抖抖发冷的身子，开始嗅着地面。过了一会儿，它叫了起来。

"足迹在那儿，它找到了。"

那巨大的足迹已经冻住了。贝尼紧紧跟在猎狗后面，那头熊竟睡起觉来。老朱莉向它猛扑过去，它们在灌木丛中撕咬追赶起来。

贝尼看不到它们，不能盲目开枪，父子俩就一直跟着。直到中午，贝尼才听到了老朱莉的声音。

他们重新振奋起来，追上了老缺趾，它终于肯停下来决战了，猎狗把它逼得走投无路了。瑞波绕到它前面，跳起来咬它的咽喉。它用巨大的前爪乱抓一阵，然后又转身后退。瑞波又从它后面跳上去，用牙齿咬住它的一条腿。老缺趾惨叫着，它迅速地转过身，用两只前爪抓住了瑞波，瑞波痛苦地哀号着，它们撕咬着，扑打着。贝尼举起枪，冷静地瞄准目标开了火，老缺趾应声倒地。

他们互相看了看对方，一起走近它的尸体。

贝尼说："这真是意外极了。"

他们一起跳跃着，欢呼着。贝尼笑着："我从来没有这么欢呼过，这对我的身体太有益了。"这头熊实在是太大了，他们清除了它的内脏后，贝尼开始盘算怎么处理它。最后他说道："我们徒步到葛茨堡去讨救兵，这样虽然得费去我们许多熊肉，可是能省去不少麻烦。"

他们向前行进着，一阵马蹄声从背后传来。骑马的人原来是福里斯特兄弟们。他们每个人都喝得醉醺醺的，见到贝尼和乔迪，他们勒住了缰绳。

"看啊，那不是贝尼和乔迪吗，你们来这儿做什么？"

贝尼说："我们出来猎杀老缺趾，它已经被我们打死了。"

第五章

这话一出，所有人都清醒了。

"你说的是真的吗，它在哪儿？"

"从这儿往东三千多米处，我和乔迪正准备去葛茨堡找人把它拖走。"

巴克说："我们不是在这儿吗，还用去找人吗？"

雷姆叫道："我们帮你，你给我们什么报酬？"

"一半的肉！它也迫害了你们不少牲畜，而且巴克还特地来告诉我。"

贝尼翻身上马，坐在巴克身后。道路平坦，他们前进得很顺利。过了一片低矮的硬木林，就是那头熊所在的地方了。

他们下了马，雷姆轻蔑地唾了一口："你这教士养的幸运儿……"

"只要你愿意和它周旋就能抓到它。"贝尼说。

他们先剥了熊皮，然后将熊肉一分为四，在四匹马上各放了四分之一熊肉，第五匹上放了熊皮，然后驰向大路。天黑后，他们才到达巴克斯特岛。屋子门窗紧闭，烟囱里也没有炊烟，妈妈已经赶着马车到河边去了，小旗也不在附近。福里斯特兄弟们下了马，又喝起酒来。

乔迪在黑暗中绕到屋后，他叫道："小旗！快到这儿来！"但是没有它的声响，他又焦急地叫喊起来。最后，他转回到大路上，小旗从树林里向他奔来，乔迪紧紧地抓住它。福里斯特兄弟已经催促了，他想带小旗一起去，但又怕它再一次逃跑，他把它领进棚屋拴住，给它弄了点儿吃的，然后插上了门。

一群人鱼贯而出，高声地唱着歌。他们在九点钟到达河岸，大声喊叫着渡船，过了河，他们骑马直奔教堂，此时的教堂里灯火辉煌。

贝尼说道："现在我们难看得很，不该参加教堂的圣礼，还是让乔迪进去给我们拿些吃的东西，怎么样？"

但福里斯特兄弟已经听不进他的话了。

巴克说："现在你们来帮我做好准备，我要把魔鬼从教堂里吓出来。"

雷姆和米尔给他蒙上熊皮，他四脚着地趴在地上。贝尼急切地想进教堂，好让奥拉放心，但福里斯特兄弟不慌不忙。他们用两三副靴带把熊皮捆在巴克胸前，熊皮被他高大的身材撑得鼓鼓的，他模仿了一声熊的吼叫。他们一起涌上教堂的台阶，雷姆猛地将门推开，让巴克进去，然后把门关上，只留下一道足够宽的缝。巴克摇晃着往前走，那模样像极了老缺趾。他大吼一声，人们一齐向后看，一瞬间所有人都乱哄哄地从窗口逃出去，一晃的工夫，教堂空无一人了。

福里斯特兄弟们大笑起来。突然，贝尼扑向巴克，把熊头拉下来，露出巴克的脸。

"快去掉这东西，你想被射死吗？"

他看到一个窗口有枪筒的闪光。巴克站起来，熊皮滑落在地。人们又涌了进来，节日的欢乐气氛，加上福里斯特兄弟们的欢笑声，

第五章

大家的注意力开始转移到熊皮上。人们笑称巴克比老缺趾还像一头熊。它横行有几年的光景了，人们都有所耳闻。

贝尼被男人和孩子包围起来，奥拉祝贺了他，又跑去给他拿来一盘食物。他刚吞下几口，就不得不开始给他们讲述他的捕猎经过。

乔迪观察着教堂周围的一切。哈托奶奶和他妈妈向他冲过来，把他领到桌边，女人们也过来围着他，不断递给他食物，她们向他打听着猎熊的事。乔迪讲述了整个过程，并且匆匆以"它被一枪打死了"而结束。

他问道："妈妈，你离开家之前，小旗回来了吗？"

"它是在昨天天黑时回来的。当时我好担心你们，只是它自己回来了。后来，南莉告知了我你们的消息。"

乔迪注视着妈妈，她今晚穿着黑呢服装，漂亮极了。

他说："我在家里给你藏着一件好东西。"

"是吗？是不是红色的、光溜溜的东西？"

"你找到它了！"

"我得经常打扫屋子。"

"喜欢吗？"

"它再漂亮不过了，你想知道我给你藏的东西吗？"

"嗯。"

"我给你买了一袋薄荷糖，你爸爸用鹿腿骨给你做了个刀鞘，是装奥利弗送给你的那把猎刀的，他还用公鹿皮给小鹿做了个项圈。"

乔迪心满意足地点点头。

他环顾周围的人，尤拉莉娅正在和那个摆渡的男孩玩游戏。乔迪远远地看着她，觉得有些不认识她了。她穿着一件天蓝色褶皱的白色童装，头上戴着蓝缎带打成的蝴蝶结。乔迪对那个摆渡的孩子愤怒起来，他觉得，尤拉莉娅属于他，他怎么对她都行，即使是用土豆丢她。

外面很寒冷，但生了炉子的教堂又热又闷。一个新来的男人进了教堂，有人看到雷姆和他说话，那人应了几句，然后雷姆又和他的兄弟们说了什么。一刹那，福里斯特兄弟们一拥而出。

贝尼把哈托奶奶拉到一边，他说："奥利弗和温克回来了，福里斯特兄弟可能已经到你家去了，我准备到那儿去劝说他们。你去吗？"

她急忙拿起她的披肩和帽子。

奥拉说："我也一起去。"

乔迪跟在他们后面，他们跳上巴克斯特家的马车，调转车头朝河边驶去，天空忽然明亮了起来。

贝尼说："一定是哪里着火了。我的天哪！"

那火光是从哈托奶奶家发出的。他们拐进院子，屋子里起了火，"绒毛"夹着尾巴向他们奔来，他们跳下车。

奶奶大声叫道："奥利弗，奥利弗。"并向熊熊的烈火中奔去，贝尼把她拉了回来。

他高喊着："你要烧死吗？"

"奥利弗在里面呀！奥利弗！"

"他不会在里面的，他肯定逃出来了。"

"他们肯定打死了他，他在里面，奥利弗。"

贝尼用力拖住她，他叫着乔迪："你快驾车到鲍尔斯店里打听一下，看谁知道奥利弗下船后去哪儿了。要是没人知道，你就去教堂里打听打听。"

乔迪爬上车座，勒紧恺撒，转向那条小巷。他惊慌得什么也想不起来，忘记了爸爸叫他先去店里，还是先去教堂。车子转进大路，冬日的夜空星光灿烂，一男一女正沿着大路在河边漫步，他听到男人的笑声。

他喊道："奥利弗！"车还没停稳他就跳下来。

奥利弗喊道："瞧那是谁啊。嗨，乔迪。"

乔迪说："快上车，奥利弗。"

"什么事这么急啊？"

"奶奶的屋子着了火，是福里斯特兄弟干的。"

奥利弗把手上的袋子扔到车上，把温克抱上车座，然后从车轮旁一跃而上，接过缰绳。乔迪爬上来坐在他身边，他们很快就到达了哈托奶奶家。奥利弗喘息着。

"妈妈不在里面吧？"

"她在那儿。"

奥利弗停住车，他们跳了下来。

他叫道："妈妈！"

奶奶朝他飞奔过来。

他说："好了，妈妈，别害怕，安静些。"

奥利弗推开哈托奶奶，注视着屋子。屋顶坍塌下来，火焰还在蔓延。

他说："福里斯特兄弟从哪条路回去的？"

乔迪听见奶奶自言自语地说："我的天哪。"

她缓了缓神，说："你找他们干什么？"

"乔迪说是他们干的。"

"乔迪，你这傻孩子。我离开家时忘了关灯，一定是风吹的，火把窗帘烧着了。整整一晚上，我都感到不安。乔迪，你别挑事啊。"

乔迪目瞪口呆地看着她，奥拉也同样惊讶。

奥拉说："怎么了，你知道……"

乔迪看见贝尼紧紧握了下她的胳膊。

贝尼说："是的，儿子，你可不能冤枉无辜的人。"

奥利弗松了口气，说："我当然希望不是他们干的，否则，他们一个也别想活。"

他转身把温克拉到身边："介绍一下，这是我的妻子。"

哈托奶奶走向她："我很高兴你们在一起了。"

奥利弗牵着温克的手，绕着屋子转着。奶奶严厉地向巴克斯特一家说道："假如你们把事情泄露出去……我怎么能为了个烧掉的房子，就让这土地上洒满福里斯特兄弟和奥利弗的血呢？"

贝尼双手扶着她的肩膀，安抚道："别担心了，我不是已经领会了你的意思了吗？"

她颤抖着，贝尼抱住她，使她安静下来。奥利弗和温克回来了。

他说："妈妈，你不要难过，我们在河边给你盖一座新房子。"

"不要了，我这么老了，我想搬到波士顿去。"

乔迪看着他爸爸，明显很不高兴。

她接着说："我想明天一早就走。"

奥利弗说道："你想离开这儿？妈妈，我喜欢波士顿，但让我把你放在那些北方佬中间，我还真有点儿不放心啊。"

六　告　别

寒冷的清晨，巴克斯特一家在河边的码头上，与哈托奶奶、奥利弗、温克和"绒毛"告别。北上的汽船正沿着南面的河湾驶过来，呜呜地鸣着汽笛，准备靠岸。奶奶和妈妈拥抱后，就拉过乔迪紧紧地抱着，说："你好好学写字，以后你可以给我写信，寄到波士顿来。"

奥利弗和贝尼握握手。

贝尼说："乔迪和我不知道会多惦记你们呀。"

奥利弗又看着乔迪，说："感谢你对我那么忠心，我不会忘记你的。"

贝尼说："如果你们想回来，这里随时欢迎啊。"

汽船绕过河湾，驶过来靠了岸，跳板放下来了。奶奶弯下腰去抱起绒毛，贝尼双手捧着她的脸，说："我实在舍不得你啊，我……"他哽咽了。

哈托一家依次上了跳板。汽笛长鸣，船发动了，奶奶和奥利弗站在船栏旁向他们挥手，乔迪也拼命挥着手。

"奶奶，奥利弗，温克，再见，再见！"

"再见，乔迪——"

巴克斯特一家驾车回家去了，贝尼为哈托一家的离去感到难过，乔迪的心里也充满了矛盾，他选择不去想他们。他想起伊西，要是他发觉奶奶走了，会不会追到波士顿去。

妈妈说："要是我，我会用法律来审判他们。"

贝尼说："我们没有证据。他们的马蹄印吗？他们可以说看到起火跑来看看。他们也可以说镇上多的是马，他们根本就没有到过那儿。"

"也是，那就让奥利弗知道真相。"

"不错，但他会怎么做呢？他会回去杀了他们。奥利弗激动起来，什么事情干不出来？杀了几个福里斯特，自己也会被判绞刑，或者剩下的兄弟找来，就杀死他们全家，他，他妈妈，还有他妻子。"

巴克斯特岛近在眼前了，一种莫名的幸福和安全感包围了乔迪。别人家受了灾祸，但这里远离了一切。那座小屋在等着他们，熏房里挂满了肉，还有老缺趾的躯体。还有小旗，最要紧的就是小旗。他迫不及待地赶回棚屋，因为他又有故事要讲给它听了。

第六章

一　狼又来了

　　正月里的天气是暖和的，只有清晨的时候，水桶里还浮着一层薄冰，巴克斯特一家过着平静的生活。黄昏时，贝尼、奥拉和乔迪总是坐在炉火旁，回忆那天晚上的情景：他们和哈托一家，看着那座屋子烧成灰烬；清晨时，他们和哈托一家等待着早班汽船，和他们道别。

　　"要我说，"贝尼说，"那个去报信的陌生人，要是知道了温克是奥利弗的妻子，而不是情人，雷姆就不会找他们麻烦了。她结了婚，福里斯特兄弟们就没办法了。"

　　"什么妻子不妻子，他们竟把他们认为里面有人的屋子烧掉。"

　　贝尼叹了口气，他同意她的观点。福里斯特兄弟们竟然没有来拿熊肉，他们躲着贝尼，就更说明是他们干的。贝尼很难过，他好不容易争取的和平，现在又付之一炬了。

乔迪也很关心他们，哈托奶奶、奥利弗、温克和绒毛就像是书中的人物一样乘船离开了。奥利弗变成了他讲过的那些故事中的一个人物，故事里又加上了奶奶、温克和绒毛。现在，他又在遭遇些什么呢？

月末是连续不断的好天气，贝尼耕作着要播种早熟作物的田地，把那块新地翻了出来，这是他被响尾蛇咬后的卧病期间，巴克替他开垦出来的。他想试着种些棉花来赚点儿钱，同时决定少种些扁豆，把腾出的空地种些玉米，因为玉米是永远不会嫌多的。鸡群缺乏饲料，猪也喂不肥，到夏季的末尾，巴克斯特家的人自己也没有玉米粉可吃，田地里再没有比玉米更重要的作物了。乔迪帮着他把冬天积蓄的肥料运出来，撒在沙地上。

奥拉抱怨说她一直想要有个生姜圃，别人家都有一个。河边杂货店老板的妻子，已经答应给她姜根，他们随时都可以去拿。贝尼和乔迪为她预备了种姜的苗床。贝尼答应，他第一次去河边做交易时，就给她捎回姜根。

出猎的收获很少。熊在广大的区域内觅食，正在准备它们二月里的冬眠，鹿也非常稀少，一方面是刚经历了一场瘟疫，另一方面也是因为那些幸存下来的猛兽的捕食。公鹿的样子最可怜，它们瘦弱不堪，皮毛也很粗糙，它们通常是孤零零地徘徊，母鹿也是单独或成对地出行。一只老母鹿带着一只小母鹿或者带着只一岁的小公鹿，许多母鹿肚里已经怀上了小鹿。

翻地的工作一结束，最重要的工作就是把木头运来劈成柴，用来烧炉火。现在弄木头更加容易，因为暴风雨刮倒了很多的树，再加上雨水长期的浸泡和狂风的吹动，很多树的树根都松弛了，从而倒在了地上。

乔迪很喜欢早晨的远足，就和他喜欢打猎一样，他们可以从容悠闲地前进。贝尼常常在晴朗而凉爽的早上，把恺撒套上大车，开始他们的自由之旅。狗儿们总是在大车下面跟着小跑，小旗却经常跑到前面去，它带着贝尼做的公鹿皮的项圈，显得特别伶俐。他们会拐入一块林中空地，然后缓缓地散步去寻找合适的树。

狗儿们会在附近的树林中嗅着或追赶野兔子，小旗会去啃嫩芽或是寒霜后幸存的多汁的嫩草，贝尼总是带着他的枪。有时候老朱莉把一只兔子逼得很近，或者一只松鼠蹿上旁边的松树，那么他们晚上就会有肉吃了。

奥拉费了很多时间翻补棉被，贝尼则继续教乔迪读书。黄昏时分，一家人坐在温暖的炉火旁，夜晚安静极了，他们都可以听到硬木林里狐狸的叫声。

正月末的一个寒冷的夜晚，贝尼和奥拉都已经上床了，乔迪和小旗还在炉火旁。他听到院子里有响声，好像是狗在厮打。他走到窗户旁，脸贴近窗户望向院子：一条奇怪的狗正和瑞波一起玩耍，老朱莉在边上看着。他仔细看了又看，那并不是狗，而是一只瘦弱的、瘸腿的大灰狼。他转身跑去想叫贝尼，却被吸引着折回来继续观看。看上去，它们曾在一起玩过，并不陌生。乔迪走到卧室门口，轻声叫他爸爸，贝尼出来了。

"什么事，儿子？"

乔迪悄悄地来到窗边，招呼贝尼。贝尼跟了过来，朝乔迪指的方向望去，父子俩静静地观看着。在皎洁的月光下，它们的动作被看得一清二楚。狼的一条后腿瘸了，行动笨拙。

贝尼低语道："它很可怜啊。"

"我觉得，它是我们围猎后逃走的幸存者。"

贝尼点点头："它可能是最后一只。可怜的家伙，受了伤，又很孤独。"

狼似乎觉察到了什么，转身跳过围栏离开了。

乔迪问道："它会干坏事吗？"

"它那副样子，估计都填不饱肚子吧。一头熊或是一头豹子就会结束它的生命，让它度过余生吧。"

他们一起蹲在炉火旁，似乎都感到一种莫名的悲哀。那只狼竟然孤寂到来敌人的院子里寻找玩伴，这真是十分残酷的事啊。乔迪伸出一只手臂搂住小旗，他真希望小旗能够懂得，它不用承受森林中的孤寂，而对他来说，小旗也减轻了他的孤独。

后来他又见过那只狼一次，之后它就再也没有来过了。他们没有将它的拜访告诉奥拉，因为她一定会请求打死它的。贝尼觉得，狗可能是在某一次出猎中和它混熟的，也可能是在他们伐木时，狗儿们跑去玩的时候和它混熟的。

二 贝尼风湿病犯了

二月，贝尼的风湿病又犯了，走路一瘸一拐的。这病已纠缠他好几年了，每当潮湿或寒冷的天气就会发作。这都怪他不管气候如何，都经常暴露着身体做事，一点儿也不爱惜身体。妈妈说，他应该卧床休息，但他怕耽误了春季播种。

"那就让乔迪来做吧。"她不耐烦地说。

"他除了做些琐事，可没真正干过什么活啊。他还是个孩子，这样的活他是干不好的。"

"你说得对。但这还不是你给惯的。你快十三岁时，不也学着耕地了吗？"

"不错，但这正是我不想让他干活的原因啊。等他长大些，有了足够的力气再说吧。"

"你这老好人啊！"她嘀咕道。

第八章

一岁的小鹿

她捣碎了些药材给他敷上，但病情还是不见好转。他又重新用豹油来揉膝盖，每次一揉就是一个钟头。

贝尼休息的这段时间里，乔迪只干些供给木柴的杂活，他总是抓紧时间干，这样他就有空和小旗一起去游玩了。他们最喜欢到灰岩坑去，有一天，他带着小旗到灰岩坑去挑水，他们竟在那儿做起游戏来。他们沿着那巨大的斜坡上下奔跑，小旗占着绝对的优势，乔迪从坡底爬到坡顶，它就已经来回五六次了。

二月中旬的一天，乔迪从灰岩坑底向上看去，小旗的影子出现在上方。乔迪惊呼着，小旗竟长得这么大了，他还没发现它长得这么快。他兴奋地回家告诉了贝尼，贝尼正坐在厨房的炉火旁。

"爸爸，小旗快一岁了吗？"

"哈哈，我最近也在想这件事。再有一个多月的时间，它大概就是一岁的小鹿了。"

"那时它会有什么不同？"

"嗯，它会长得很大，并且更愿意在树林里待着。"

"它会长角吗？"

"七月以前，它应该不会长角的。现在正是公鹿换角的时候，夏季一过，没分叉的鹿角就会长出来，到了它们发情的季节，角就长齐了。"

乔迪仔细地查看着小旗的头部，妈妈拿着一个盘子从旁边经过。

"妈妈，小旗很快就要一岁了。它不漂亮吗，妈妈，它的两只角不漂亮吗？"

"即使它头上戴着皇冠，身上长着翅膀，我也不觉得它漂亮。"

"妈妈，你不关心小旗长角的事吗？"

"它长了角，就会到处乱撞，会更加烦人。"

事实上，小旗惹得麻烦确实更多了。它学会了挣脱脖子上的束缚，当束缚太紧，它挣脱不了时，它就使劲往外挣扎，直到喘不过气，这时乔迪就只好将它释放。当它自由时，它就到处闯祸，在棚屋里，它会把阻碍它的东西破坏掉，所以只有乔迪在旁边专心地看着它时，它才可以进屋。如果门没有闩，它就会用头撞开门。

妈妈将一盘剥好的干扁豆放在桌子上，走到炉灶边。乔迪回他的房间了，忽然他听到一阵响声，接着就传来了妈妈的喊叫声。小旗跳到桌子上吃了口扁豆，将盘子打翻了，扁豆撒得到处都是。乔迪急忙跑过来，妈妈用扫帚将小旗打了出去。

"妈妈，是我没看好它。它饿了，妈妈，它早上没吃饱。你打我吧，妈妈，不要打它。"

"你们都该挨揍，你马上给我把每一颗豆子都捡起来，并且洗干净。"

他很乐意为它做这些。他爬遍厨房的每一个角落，把每颗扁豆都捡了出来，并把它们都洗干净，又到灰岩坑挑了些水补上。

"我弄好了，妈妈。以后小旗干的坏事，我来处理。"

小旗直到日落后才回来。乔迪在屋外喂了它，等到爸爸妈妈一上床，就把它带进自己房里。小旗在夜里越来越不安分了，妈妈抱怨，她好几次听到它在乔迪的房里走动。这天夜里，它竟撞开了乔迪卧室的门。乔迪被他妈妈的一声尖叫惊醒了，原来是小旗用它的鼻子去碰她的脸，在她发火打它之前，乔迪把它偷偷放了出去。

她高喊着："这畜生让我不得安宁，以后绝对不许它再进屋子。"

贝尼也说话了："你妈是对的，儿子，它太大了，不能养在屋里了。"

乔迪回到床上，躺着却睡不着，他担心小旗在外面会被冻着。他想，妈妈讨厌小旗碰她的脸是毫无道理的，他可喜欢摸它的鼻子了，她简直是一个无情的女人。

第二天早晨，贝尼好些了，他拄着拐棍去田地看了看。他转了好几圈，然后回到屋子后面，脸色阴沉沉的。他叫来了乔迪，原来小旗践踏了烟草苗床,幼苗就快要破土而出了,却被它毁了将近一半。

"我知道它不是故意的,"贝尼说,"它就是觉得在上面跑好玩。现在你把苗床上都插上小棍,它就不能踩踏其余的幼苗了。我早该这么做的。"

乔迪沮丧极了,他做着爸爸吩咐的事。

贝尼说:"这事别和你妈妈说,她知道了就糟了。"

乔迪边做事,边琢磨着能阻止小旗闯祸的方法。他觉得它的恶作剧仅仅是因为聪明,但是毕竟苗床被破坏了,这很严重,他确信,这样的事以后不会发生了。

三 一岁的小鹿

凉爽的三月到来了。茉莉花盛开得迟一些,它长得没过了围栏,芳香更是溢满整个院子,桃树和野梅也开了花,红雀整天唱着歌。

贝尼说:"这么好的天气,即使我已经死了,我也会坐起来欣赏的。"

昨夜刚下过一阵小雨,这个清晨却很明媚。

"正好种玉米,"贝尼说,"正好种棉花,正好种烟草。"

"我想你一定喜欢这天气的。"妈妈说。

他微笑着，吃完了早饭。

"你虽然觉得好些了，但也不能累着。"她警告着。

"我很好，"他说，"我今天要干上整整一天。今天，明天，后天，都要种地啊！玉米，棉花，烟草！"

她不禁笑起来，乔迪也跟着笑。

他拍拍乔迪的背。

"你也有工作，儿子。你可以种烟苗，要不是我弯下腰背就痛得厉害，我真想自己来干，我很喜欢那些嫩绿的小东西。"

他吹着口哨去干活了，乔迪也随后跟去了。贝尼在烟草苗床那儿，正在把那些嫩苗拔出来。

"你得像对新生婴儿般对待它们。"他说。

他先种了十二棵作为示范，然后乔迪接着种的时候，贝尼就在一边观察并纠正。他牵来恺撒，带来快犁，给玉米标出范围，起上垄，又给烟苗开了一条条小沟。早饭后，小旗就不见了踪影，乔迪惦念着它，但又庆幸小旗不在身边，不然它又会践踏那些烟苗。午饭时他就完成了工作，贝尼原来为苗床准备的一块地，现在只种上了一部分，当贝尼吃过午饭和他一起来看时，贝尼有点儿失望了。

"儿子，你都拔出来了吗？"

"都拔出来了。"

"嗯，看来我只能种些别的了。"

贝尼已经翻好了种玉米的垄沟，现在他径直沿着沟朝前走，用一根尖的棍子在地上扎着小眼，乔迪往每个眼里放两颗玉米种。

他喊道："两个人一起快多了，是吗，爸爸？"

贝尼没有回答。傍晚的时候下了场阵雨，但他们继续工作着，直到种完那块地。贝尼回头望望，满心欢喜。

小旗在雨中出现了，它跑向乔迪，然后停在一棵桑树下，抬头去咬一根嫩枝。乔迪想让爸爸注意小鹿，却发现爸爸正用一种深不可测的表情看它，他眯起眼睛，沉思着，就像出发去追踪老缺趾时一样，乔迪不禁感到一阵寒意。

他说："爸爸……"

贝尼回过神来，转过头，漫不经心地说："小旗长得真快啊，它现在是一岁的小鹿了。"

听了这话，乔迪并不高兴，他觉得爸爸想的不是这个。他们做完杂事，就回到屋子里。小旗嗷嗷地叫着要进来，乔迪抬起头，恳求地望着妈妈，但她也不理睬。乔迪讨了点儿面包，就跑了出去。它们一起去了棚屋。

"你现在是一岁的小鹿了，"他说，"你可要乖乖的，不要让爸爸也讨厌你，知道吗？"

乔迪回到厨房，爸爸和妈妈正在吃晚饭，他们没理睬他的迟到。大家默默地吃着，贝尼很快就上床去了，乔迪也疲惫地倒在了床上。

第八章

第二天早上，贝尼心情又大好："今天是种棉花的好日子。"

棉籽是随意播成行的，乔迪还是跟在他爸爸后面，撒下些种子。小旗在早餐后就没影了，但在上午时又跑到他们身边。贝尼观察着它，那尖尖的蹄子，深深地陷入柔软而潮湿的泥土中，但棉籽很深，不会受到迫害。

"当它惦记你时，就会跟你一起出去的。"贝尼说。

"它就像一条狗，爸爸。它想跟着我，就像老朱莉想跟着你一样。"

"你常常想着它，是不是，儿子？"

"那当然啊。"

"那好，我们等着瞧吧。"

播种用了整整一星期的时间，扁豆紧接着玉米和棉花，番薯又紧接着扁豆，屋后的菜园里种了洋葱和萝卜。贝尼每天都早出晚归，播种的工作完成后，他就挑着两个沉重的水桶，一次次地到灰岩坑去，然后挑回水来浇烟苗和菜园。

巴克留下来的一个树桩，在那块种了棉花的地里腐烂了。贝尼很恼怒，他在周围又挖又砍，然后用带钩的链子拴紧了它，让恺撒拖它起来。贝尼用一根粗绳子捆住树桩，和恺撒一起用力拉。忽然，乔迪看见贝尼脸色惨白，贝尼紧紧摁住自己的腰部，跪倒在地上。乔迪跑了过去。

"没事……我可能用力过度了……"

他躺在地上，痛苦地挣扎着，简直痛得直不起腰来。乔迪帮他站上树桩，他从那儿爬上马背。到了家后，贝尼直接滑到地上，然后爬进了屋。奥拉看到后，吓了一跳。

"我就知道！你非得累垮不可。"

贝尼拖着脚挪向床边，奥拉帮他翻了个身，给他脱了鞋，盖上被子，他这才如释重负般闭上眼睛。

"这下好了……我马上就会好的。我是用力过度了，没事，奥拉……"

四　小鹿又闯祸了

贝尼的病并没有好转，他痛苦地躺着。奥拉想让乔迪骑马去请威尔逊大夫，但是贝尼不许他去。

"我已经欠他的了，我能自己好起来的。"

"你可能受了内伤。"

"那样的话，我也会好起来的。"

奥拉哭着说："你非要这样，你又没有福里斯特兄弟那么强壮的身体。"

"安静些吧，奥拉，我没事。"

"我偏不安静，你得好好接受教训，以后别这么做了。"

"我已经接受教训了。你安静些。"

乔迪的心也很乱，他爸爸那小小的身躯总是去做几个人的事，偶尔也会出点儿意外。乔迪还记得，贝尼有次伐树，树倒下来砸伤了他的肩膀，贝尼几个月都用吊带吊着肩膀，但他最终好了。即使响尾蛇也咬不死贝尼，贝尼和大地一样，是坚不可摧的。只有妈妈会为这事烦恼。她当然会烦恼，因为即使一个手指破了，她也会紧张万分。

贝尼卧床几天后，乔迪就跑来报告，玉米苗已全长出来了，而且长势很好。

"那太好了！"

第二天，乔迪带着小旗出去打猎。他们到了刺柏溪，猎到了四只松鼠。

贝尼说："看，这才是我的儿子。"

夜里下了一场细雨。第二天早上，贝尼让乔迪去看看玉米苗的长势。他穿过玉米地，看着地上，却看不到一棵玉米苗。他困惑了，又继续向前走，但还是看不到玉米苗的影子。一直走到土地的另一头，玉米苗才出现，他又顺着田垄往回走，小旗的蹄印在地上清晰可见。

它大清早就跑出来，啃起了玉米苗。

乔迪吓坏了，他希望这只是一个梦，也许他再一转身，玉米苗就出现了。他用尖尖的东西扎了自己一下，确信这是事实。他不安地回到屋里，在厨房里呆呆地坐着。

贝尼叫他："怎么样，儿子？作物长得怎么样？"

"棉花出苗了，扁豆也破了土。"

"玉米呢，乔迪？"

他的心快速地跳动着，说道："大部分都被吃掉了。"

贝尼不作声地躺着，他的沉默似乎也是一个噩梦。他终于说话了："你不知道是什么干的吗？"

他注视着他爸爸，眼光中带着绝望和恳求。

贝尼说："不要紧。我让你妈妈去看看，她会知道的。"

"不要叫妈妈去！"

"她一定要知道这事的。"

"不要叫她去！"

"那就是小旗干的，是吗？"

乔迪的嘴唇颤抖了。

"我想是的，爸爸。"

"好吧，儿子。我就知道是它干的好事。你出去玩一会儿，叫你妈妈来这儿。"

第六章

"不要告诉她，爸爸，求求你不要告诉她。"

"她必须知道。你去吧，我尽量说点儿好话。"

他沮丧地走到厨房。

"妈妈，爸爸叫你过去。"

他出了屋子，召唤着小旗，他们一起走到灰岩坑。灰岩坑附近开满了鲜花，可爱极了，但他没有一点心思去绕着灰岩坑走上一圈，欣赏一下美丽的景色。他回到家里，走进了屋子，妈妈和爸爸还在说话。贝尼把他叫到床边，奥拉的脸涨得通红。

贝尼说道："我们已经谈好了，乔迪。虽然这件事很糟糕，但我们能尽力补救。"

"爸爸，做什么我都愿意，我可以把它关起来，一直关到庄稼长好……"

"那个野东西，我们根本关不住它。听我说，你现在到小仓库里去取玉米，挑最好的拿，你妈妈会帮你把玉米粒剥下来的。你到地里去，像我们以前那样，把它们种好。你先用小棍戳出一些小眼，然后再折回去撒下种子，盖上泥土。"

"这我知道。"

"你做完这些之后，明天早上，你把恺撒套上大车，赶到荒废的田地去，把那些旧围栏拔起来，装上大车。不要装太多，因为那有一段上坡路，恺撒不能拉得太多。你把它们拉回来，先沿玉米地的南面和东面，把围栏接上，能接多高就接多高。"

乔迪终于松了口气，他转过身来抱住妈妈，但她一言不发，两眼直视着前方。他跑到外面，小旗正在栅栏边啃着青草，他伸出手臂抱住了它，小旗在找青草的嫩枝，就跑开了。乔迪跑到小仓库，挑选出颗粒最大的玉米，把它们装在袋子里拿到门口，坐在门阶上开始剥玉米粒。奥拉走过来坐在他身边。她面无表情地捡起一个玉米开始工作。

"呵，'怜惜他的感情'，可今年冬天谁来怜惜我们的肚子啊！"

乔迪转过身去，不理会她。他飞快地剥着玉米粒，想尽快离开她，马上去播种。他把玉米粒装在袋子里，甩上肩膀，向田地走去。虽然快到午饭时间了，但他还有一个钟头可以干活。三月的天气清澈蔚蓝，他的心情也好了起来。小旗发现了他，跑来和他做伴。

中午，他飞快地吃完午饭，又急忙回到玉米地播种。他做得很快，明天再有两个小时就完成了。晚饭后，他坐在贝尼床边，不停地讲着什么，贝尼认真地听着，但乔迪觉得他有时心不在焉。妈妈还是冷冷的，对他也不理不睬。

第二天天还没亮，乔迪就醒了，他跳下床，立刻穿好了衣服。

奥拉说："真遗憾啊，这么点儿事也值得你去拼命。"

他没说什么，匆匆地吃过早饭，又偷偷给小旗抓了一把饼干，然后就跑去干活了。刚开始的时候，他几乎还看不清东西。不一会儿，太阳就从葡萄棚后面升起来了，他突然觉得，日出和日落都能给他带来安慰和伤感。小旗从树林里跑到他身边，它显然是在树林里过夜的。他掏出饼干来喂它。

没用多久，种玉米的工作就完成了。他跑回牲口棚，恺撒正在牲口棚里吃草。它温顺地让他套上车，乔迪一个人坐在车座上，抖动着缰绳，向西面荒废的田地出发。小旗快速地跑到前面，它不时地站在路中间不动，和乔迪开玩笑，而这时，乔迪也只能停下马车哄它走开。

"你现在已经不小了，是一岁的小鹿了。"他向它喊道。

他轻抖缰绳，让恺撒小跑起来。在田地中，拔起那些旧木栅栏是件很轻松的工作，木桩和横档都很容易拆下来，装车也很轻松。但过了不久，他的背和手臂就开始酸痛，他不得不停下来休息。小旗疾驰着先回去了，当他快到家时，它已经在前面等候他了。他决定把木头卸在靠近屋子的围栏角上。

运输和卸车用去了很多时间，运到一半的时候，他绝望了。他看不到完成的希望，恐怕围栏还没开始弄，玉米苗就要出土了。事实是，由于天气干燥，玉米苗迟迟没有破土。每天早上他都会去检查一遍，但一直都没看到它们出来。他每天天不亮就起身，或者自己吃一顿冰冷的早餐，或者先出去一趟，再回来吃。他晚上也一直工作到太阳下山。因为缺少足够的睡眠，他眼睛下开始有了黑眼圈，贝尼也没精力给他理发，他的头发就蓬蓬松松地披散在眼前。贝尼看着乔迪，心疼不已。

一天晚上，他把乔迪叫到床边，说："你能这么努力地工作，我很高兴，儿子。但即使你珍视小旗，你也不能累死自己啊。"

乔迪倔强地说："我没有累死自己，我强壮着呢。"

贝尼说："我宁愿少活一年，去帮你完成这些工作。"

"我自己能干完的，爸爸。"

第四天早晨，他决定先弄好小旗经常跳跃的那一段木栅栏。他的工作速度很快，两天的时间就将南面和东面的木栅栏接到一米六高了。妈妈看到他办到了她认为不可能的事，心也软了。第六天早晨，她说："今天我没事，我帮你把那木栅栏再加高三十多厘米吧。"

"啊，我的好妈妈……"

"你不用担心我累着。我没想到，你为了小鹿会这样拼命。"

有了妈妈的帮助，干活变得轻松了些。妈妈的脸发红了，她喘着气，流着汗，但是她笑着，几乎一整天都和他在一起。第二天她也抽出些时间来帮他，他们筑了一道两米多高的木栅栏。

"它要是一只完全长成的公鹿，"乔迪说，"就能轻而易举地跃过两米六的高度。"

那天晚上，乔迪发现玉米苗破土了。第二天早晨，他试着给小旗加上一个脚镣，但它撞着头，踢着蹄子，绊倒在地，疯狂地挣扎着，再不松开它，它的一条腿就要折了。乔迪只好松开它，它向森林跑去，一整天都没回来过。乔迪又发狂似的筑着西面的那段木栅栏，因为在东面和南面都进不去的情况下，那是小鹿最可能向玉米地进攻的路线。下午，妈妈又和他一起工作了两三个钟头。

两场阵雨后，玉米苗长到了二十多厘米高。早晨，乔迪正准备再去拉些栅栏木头。他跑到新加高的围栏旁，爬到栏顶上去查看玉米地。突然，他发现了小旗，它正在靠近北面硬木林的地方啃玉米苗。他跳下来去喊妈妈。

"妈妈，你能帮我去拉做栅栏的木头吗？我必须快点儿，小旗从北面跳进去了。"

她急急忙忙和他一起跑到外面，爬上木栅栏。

"不是北面的问题，"她说，"它就是从这边最高的木栅栏上跃过去的。"

他朝她指着的地方看去，小鹿的蹄印从围栏的这边，一直延伸到另一边。

"它又吃掉了这批玉米苗。"她说。

乔迪目不转睛地看着，玉米苗被连根拔起，好多都被啃得精光。

"它没吃掉多少，妈妈。你看，那边的玉米苗还在呢。"

"是啊，可我们现在怎么阻止它呢？"

她跳到地上，慢慢地走回屋去。

"这下可完了。"她说，"我真傻，我以前竟会让步。"

乔迪紧紧地抓住围栏，他现在已经麻木了。小旗蹦跳着向他跑来，乔迪爬下围栏走进院子，他不想再看见它。他走进自己的房间，一头倒在床上，把脸埋进枕头里。

奥拉和贝尼又在谈判了，这一次的时间并不长。

贝尼叫来了乔迪，他说："乔迪，我们做的一切都没有用。我很难受，真的，我不知道自己有多难受，我们不能没有收成，我们一家人不能饿死。所以，请你把小鹿带到树林里去，绑住它，然后用枪射死它吧。"

五　打死小鹿

乔迪带着小旗，向西走去。他肩上扛着贝尼的后膛枪，心头狂跳不已。

他喃喃自语着："我不干，我就是不干！"

他在路上停了下来。

他大声说道："他们不能强迫我这么做！"

小鹿睁大眼睛看着他，然后俯身去吃路边的嫩草了。乔迪继续向前走。

"我不干，我不干，我就是不干！他们打我好了，他们杀了我好了，我就是不干！"

他想象着他和爸爸妈妈的对话，他告诉他们，他恨他们。妈妈大发雷霆，爸爸却默不作声。妈妈用树枝抽打他，直打得他腿上流出鲜血。他咬她的手，她接着抽打他。他踢她的脚踝，她又一次抽打他，并把他甩到角落里。

他从地板上抬起头来说："你们不能强迫我，我就是不干！"

就这样，他不断地在心里和爸爸妈妈吵架，直到自己筋疲力尽。他在废弃的田地旁停了下来，在一棵高大的楝树下，他躺在草地上哭了，直到眼泪干涸了才停下来。小旗舔着他，他紧紧抱住了它。

他说道："我不干，我就是不干！"

当他站起来时，他感到一阵晕眩。他靠在楝树的树干上，楝树花正在盛开，蜜蜂在花间飞舞，空气中弥漫着香甜。他突然感到很羞愧，他竟然在哭，现在可不是哭的时候，他应该想出解决问题的办法，就像贝尼在危机的时刻能想出办法来一样。他想他可以给小旗筑一道三米高的栅栏，他能出去采橡果、青草和浆果等，到那里去喂它。但是，帮它找食物会花去他所有的时间，贝尼还病倒在床上，地里还有很多活要干，除了他，还有谁能去做那些事呢？

他想到了奥利弗，他本来可以帮他种地的，但他已经去了波士顿，带着奶奶和他的妻子远走高飞了。他又想到福里斯特兄弟们，可他们现在是巴克斯特家的敌人。巴克原本可以帮他的，可现在他又能有什么办法呢？突然，他的脑海里出现一个念头，他觉得如果小旗还能在世界的某个地方活着，他还是有勇气和小旗告别的。它可以自由快乐地活着，愉快地竖着那小旗似的尾巴。他要到巴克那里求他帮忙，要和巴克谈论草翅膀，然后求他把小旗运到杰克逊维尔去。巴克可以把它卖给一个动物园，那样它就可以活下来，并且有足够的食物吃。至于自己，可以攒些路费，每年去看望小鹿一次。他要攒足够的钱，直到自己能买一块地皮，然后他就可以把小旗买回来。这样，它们就又可以一起生活了。

这么想着，他又兴奋起来。他向通向福里斯特家的大路跑去，虽然喉咙发干，两眼肿胀而刺痛，但这想法使他提起了精神。当他进入福里斯特家的那条小径时，他似乎觉得一切都好了，他看到了希望。他跑向屋子，跨上台阶，轻敲那虚掩着的门，然后走了进去。屋里只有福里斯特夫妇，他们一动不动地坐在他们的椅子上。

他喘息着说："你们好，巴克在吗？"

福里斯特先生转过头说："你上次来过以后，已经好久没见你了。"

"老人家，请您告诉我，巴克去哪儿了啊？"

"巴克？他们都去肯塔基贩马去了。"

"播种时去贩马？"

"播种的时候，也就是做买卖的时候。他们不喜欢种地，宁愿做买卖。他们认为做买卖赚的钱就足够买口粮了。"老人唾了一口继续说道，"似乎他们真有这本事。"

"他们都去了吗？"

"每个人都去了，派克和甘比四月份就会回来的。"

"四月啊……"

他呆呆地转向门口。

"孩子，中午留下来一起吃午餐吧，葡萄干布丁好吗？"

"我得走了。"他说，"谢谢您。"

他转身要走。突然，他绝望地问了一句："您要是有一只一岁的小鹿，它吃光了地里的玉米，但您却没办法阻止它。爸爸让您射死它，您会怎么办呢？"

他们错愕地看着他，福里斯特太太笑了起来。

福里斯特先生说："嗯，我会去射死它。"

他追问道："要是您非常疼爱它呢，就像爱自己的孩子一样呢？"

福里斯特先生说：这有什么关系呢，孩子？你总不能养一只畜生来吃光庄稼吧，除非你有和我一样多的孩子，能用别的方法谋生。"

福里斯特太太问道："是去年夏天你带来的那只小鹿吧？"

"就是它，小旗。"他说，"你们能收养它吗？"

"唉，我们也关不住它啊，不管怎样，它还是会跑回你那儿去的。

两千米的距离对一只一岁的小鹿来说，又算得了什么呢？"

乔迪绝望极了，他失望地说："那好吧，我回去了。"

只有两位老人的福里斯特家显得很冷清，对乔迪来说，离开这儿是件好事。

他想带小鹿一起到杰克逊维尔去，但他需要一个项圈来牵着它，这样它就不会像圣诞节那次一样，调转屁股跑回家去。他用尽力气割下一根野葡萄藤，将它围在小旗的脖子上做了一个项圈，然后就朝东北方向走去。小旗开始很顺从，然后渐渐地对那束缚不耐烦起来，挣扎着向后退。

乔迪说："你怎么变得这么无法无天了？"

哄着小鹿让它心甘情愿地跟他走使他疲惫不堪，最后，他放弃了，解下了项圈。小旗似乎很满意，在乔迪的视线里奔跑着。下午时，乔迪发现自己由于饥饿而浑身无力。他早上没吃早饭就离开了家，那时的他只想带着小旗离开家。他想沿路找能吃的浆果，但是浆果还不到能吃的时候，所以什么也找不到。他像小旗那样去吃树叶，但这使他感到比以前更饿了。他沉重地拖动着脚步。烈日炎炎下，他不得不在路边躺下来休息，并且引导小旗卧在他身边。他被饥饿、痛苦和头顶上炙热的阳光折磨着。后来，他睡着了。

当他苏醒时，小旗不见了。他跟着它的足迹，进了丛林，然后又出来回到大路上，接着又转向回家的方向。

第八章

他也只能跟着走了，因为他已经疲惫到没有力气多想了。当他回到巴克斯特岛时，天已经黑了。厨房里点着一支蜡烛，那两条狗向他跑来。他拍拍它们，使它们安静下来。他轻手轻脚地向前靠近，并向屋子里窥视。晚餐已经吃过了，妈妈正坐在烛光下做她那没完没了的针线活儿。正当他想着要不要进去时，小旗从院子里疾驰而过。他看到妈妈抬起头，听着外面的声响。

他匆忙地溜到熏房后面，小声地呼唤着小旗，小旗向他跑来。他蜷缩在角落里。妈妈走到厨房门前，把门推开，只见一束光亮照到沙地上，然后门又关了起来。过了很久，厨房里的蜡烛才熄灭。他估计妈妈上床睡觉后，就摸索着走进熏房，找到了一块剩下的熏熊肉，割下了一小块。虽然又硬又干，但他依然津津有味地吃着。虽然小旗在树林里已经吃过嫩芽了，但他还是担心它会挨饿。他到玉米仓里拿了些玉米，剥去外壳后，把玉米粒喂给它吃，他自己也嚼了一些玉米粒。他非常想吃晚饭剩下的食物，它们一定是放在厨房里，但他不敢进去找。他觉得自己像一个陌生人或者一个贼。他突然想，或许狼偷东西的时候也是这种感觉吧，那些野猫、豹子以及所有的有害动物，也都是饿着肚子，瞪大眼睛窥视着田地吧。他在牲口棚里的一个空栏内，抱来了一些干草铺在地上，睡在那儿。小旗依偎在他身边，就这样并不温暖地度过了这个三月的寒冷夜晚。

当他醒来时，太阳早就升起来了。乔迪感到自己的身体僵硬，心里也很痛苦，小旗又不见了。他不情愿地向屋子走去，在门旁他听见了妈妈正发泄着愤怒。她已经发现了他靠在熏房墙上的后膛枪，也发现了小旗，而且还发现小鹿一大早就吃掉了才发芽的玉米和一大片扁豆。他无助地走向她，就那样低着头，站在那儿，任她不停地说教着。

她最后说："去找你爸爸吧。这次，他总算和我站在一起了。"

他走进卧室，贝尼看上去愁眉苦脸的。

贝尼轻声地说道："你怎么不照我说的去做？"

"爸爸，我不能那么做，无论如何我都做不到啊！"

贝尼把头往枕头上一靠，说："儿子，你过来些。你要知道，我已经尽我所能地保护你的公鹿。"

"是的，爸爸。"

"你要知道，我们全家都要靠那些庄稼为生。"

"是的，爸爸。"

"你也知道，世上没有任何办法能够使一只一岁的小鹿不去毁坏庄稼。"

"是的，爸爸。"

"既然你都懂，那你为什么不去做你该做的事呢？"

"我做不到。"

贝尼静静地躺了一会儿，然后说："叫你妈妈到这儿来。你回自己房间去吧，把门关上。"

"是的，爸爸。"

乔迪什么也不愿去想，照爸爸的要求去做，反而使他感到轻松些。

"妈妈，爸爸说让你到他那儿去。"

他回到自己房间，关上了门，坐在床边，绞着双手。他听见一阵低语，又听见一阵脚步声，接着就听见一声枪响。他慌忙跑出房间，冲向开着的厨房门边。他妈妈正站在门阶上，手里拿着的后膛枪还在冒烟。小旗正躺在栅栏边挣扎。

她说："我并不想打伤它，但我打不准。你知道，我是打不准的。"

乔迪跑向小旗。它用三条腿站了起来，跌跌撞撞地走开，就好像乔迪是它的敌人，它的左前腿正在流血。贝尼挣扎着下了床，艰难地走到门口，一条腿跪在地上，他只得用手紧抓住门强撑着。

他叫道："要是我能动，我一定亲自打死它，但我实在站不起来。去结束它吧，乔迪，你必须让它摆脱这些痛苦啊。"

乔迪跑回来，从妈妈手里一把抢过那杆后膛枪。

他大声叫道："你就是故意这么做的，你一直都讨厌它。"

他又转向爸爸，喊道："你也背叛我，是你叫妈妈打死它的。"

他不顾一切地喊叫着，喉咙都快撕裂了。

"我恨你们，我真希望你们也都死掉。我再也不想见到你们。"

他一边跟着小旗跑，一边啜泣着。

贝尼叫道："快帮我一把，奥拉，我站不起来了……"

小旗痛苦而慌张地跑着，它只有三条腿支撑在地，因此不时地跌倒在地。乔迪追上了它，低声喊着："是我呀，小旗，是我呀。"

小旗纵身一跃，逃开了，腿上的鲜血像小溪般直流。小旗跑到灰岩坑边上，它摇晃着身体，一会儿就倒了下去，一直滚到坑底。乔迪追赶着它。小旗躺在水潭旁边，它那水汪汪的大眼睛转向乔迪，疑惑地看着他，似乎他们从未相识过。乔迪把枪口紧紧压在它光滑的脖子后面，扣动了扳机。小旗颤抖了一阵，之后就静止不动了。

乔迪把枪丢在一边，直接扑倒在地。他开始干呕起来，接着就呕吐起来，然后又干呕着。他用指甲抓着泥土，用拳头捶打地面，整个灰岩坑似乎都在颤动。最终，所有的怒吼都变成了低声的哭泣，他眼前一片黑暗，就像沉入了黑色的深潭。

六　小旗，小旗……

　　乔迪向北走上去葛茨堡的大路。他的脚步是僵硬的，仿佛全身除了两条腿之外，其他的器官都已经死了。他静静地离开了，不敢再去看那死去的一岁的小鹿。现在他能想到的只有出走了，即使没有地方可以去，对他来说也没有关系啦。在葛茨堡那里，他可以乘渡船渡过河去。计划似乎清晰了，他正朝着杰克逊维尔的方向前进，打算到波士顿去。在那里，他可以找到奥利弗，然后跟奥利弗一起出海，然后忘记所有的背叛，就像奥利弗曾经做到的一样。

　　到杰克逊维尔和波士顿去，最好的办法是坐船。乔迪急切地想到河边去，他需要一只小船。他记起了南莉废弃的独木舟，就是他和贝尼曾经乘着渡过咸水溪去追老缺趾的那个独木舟。一想到爸爸，就像有一把锋利的刀子刺进了他麻木的情感伤口，但随即那伤口就又被冻结了。他可以把他的衬衣撕成布条，用来堵住独木舟的裂缝，然后顺着溪流一直划到乔治湖，再朝北沿着大河划去。也许在什么地方，他会碰到一艘驶过的汽船，然后他就能坐船去波士顿了。他到达那儿以后，奥利弗会为他付船费的；要是找不到奥利弗，他们一定会把他送进监狱，但那也没有什么大不了的。

　　他拐个弯来到了咸水溪。他很渴，于是就站在水中，弯下腰去喝那潺潺流过的溪水。小溪下游有一个正要出发去打鱼的渔夫，乔迪沿岸走过去，喊住了他。

"您能载我一程吗，去我的小船那里？"

"我想可以。"

渔夫向岸边掉转了船头，乔迪上了船。

渔夫问道："你住在这附近吗？"

他摇摇头。

"那你的小船在什么地方？"

"过了南莉小姐的家，再往下就到了。"

"你是她的亲戚吗？"

他摇摇头。陌生人的这些提问，就像一根探针深深地刺进了他的伤口。渔夫好奇地看着他，然后就专心划桨了。粗糙的小船在湍急的溪流中顺流而下，溪水是蓝色的，头顶的天空也是蓝色的，一阵微风吹动白云，这是乔迪特别喜欢的天气。放眼望去，两岸是红色的海洋，枫树和紫荆长得十分茂盛。沼泽地中的月桂也在开花，它的香气溢满了整片溪流。突然，一阵苦闷向他袭来，他甚至想用手伸进喉咙把它抠出来。这三月下旬的美丽春色，带给他的只是更大的痛苦。他不愿再去看那长满新针的柏树，而是低头望着流水以及水中的鱼和乌龟，而且再也没有抬起头来。

那渔夫说道："这儿就是南莉小姐的家了，你要下来吗？"

他摇摇头，说："我的小船还在前面。"

当他们经过陡峭的河岸时，他看见南莉小姐正站在她家门前。渔夫举起手向她打招呼，她也挥手作答。乔迪一动不动地站着，他想起了在她家度过的那个晚上，也想起了第二天早晨她边做早餐，边与贝尼开玩笑，还有送他们上路的情景，这些曾让他感到温暖、友善。他停止了回忆。河岸变得狭窄了，布满沼泽和香蒲草的两岸逐渐逼近。

他说："那儿就是我的小船。"

"是吗，孩子？但它已经有一半沉在水中了。"

"我打算修好它。"

"有人帮助你吗？你有桨吗？"

他摇摇头。

"我这儿有个船桨，可以给你用。依我看，这只小船太破了。好吧，再见。"

渔夫掉转船头，划进激流中，并与乔迪挥手告别。他从船板下的箱子里拿出一个烙饼和一块肉，然后一边将食物往嘴里塞，一边将船划开。食物的香味飘向乔迪，他这才发现两天里他除了吃了点儿熏熊肉和干玉米粒外，什么也没吃。但这也无所谓了，反正他也不觉得饿。

他把独木舟拉上岸，将里面的积水舀干。船板由于长时间浸泡在水中已经膨胀了，但船底还是很结实的，只有船头的裂缝漏水。

他从衬衫上撕下袖子，扯成布条，塞到裂缝里。然后，他又来到一棵松树旁，用刀刮下一些松脂，在船的外侧填补裂缝。

他将补好的独木舟推下水，拿起破桨向下游划去。他划得很笨拙，船被湍急的水流冲到了对岸，扎进了锯齿草中。他努力想把它推出去，却又割破了手。之后，独木舟又顺势陷入了南岸的泥浆中，他将它推了出来。这时乔迪又想起了小鹿的死，顿时感到浑身虚弱无力。要是让渔夫等他一下就好了，这周围都没什么生物，死气沉沉的。他又开始难受起来。小船在香蒲草间自由穿行，他将头靠在膝盖上休息，直到不再感到恶心。

他歇了一会儿，又开始划桨了，往波士顿驶去。他的嘴唇紧闭，两眼眯成一条缝。当他划到溪流的尽头时，太阳都快要落山了。他调转船头，旋转着划到岸边，然后从小船上下来，将它拖到高处。他坐在一棵橡树下，倚着树干，眺望着宽阔的湖面。他本希望可以在这儿遇上一艘汽船，虽然他看到有一艘从南面驶过，但它在湖的中心，离他太远了。

再过一两个钟头，太阳就要落山了。他不敢在黑夜里坐在不牢固的独木舟上，他决定到陆地的尽头去等待过往的船只，如果没有船只经过，他就在这棵橡树下过夜，明早再划船走。这一整天，他都麻木地什么也不想，但现在各种念头都向他袭来。它们撕扯着他，乔迪甚至觉得自己也会像小旗一样，鲜血直流地死去。小旗已经死了，它再也不会向他跑来了。他不停地说着话来折磨自己。

"小旗死了。"

过了一会儿，他又大声叫道："爸爸背叛了我。"

这是比贝尼被毒蛇咬死还要恐怖的事。死亡是可以忍受的，草翅膀死了，他能够忍受；如果小旗是被熊、狼或豹子咬死的，虽然他也会感到巨大的悲伤，但那是他可以承受的。他可以向贝尼倾诉，贝尼会安慰他的。但现在他连贝尼也失去了，他找不到安慰了。

太阳落山了，他放弃了在天黑前能够搭乘船只的希望。他采集了一些苔藓，在树下给自己打了个地铺。青蛙开始歌唱，他原本是喜欢这种声音的，但现在竟觉得那是一种哀鸣。他讨厌这样的声音，它们听起来很悲伤。成千只青蛙一起叫着，发出了无穷无尽、让人难以忍受的哀鸣。

这个时候家里该吃晚饭了吧。想到食物，他的胃开始隐隐作痛，仿佛里面不是没有东西，而是积满太多的东西。他想起渔夫的烙饼和熟肉的味道，那香味使他流口水。他吃了几棵草，就像野兽撕裂鲜肉那样，用牙撕着草。忽然，他好像看见了有动物爬到小旗的尸体上，于是就把刚吃下的草都呕了出来。

漆黑笼罩了陆地和水面，一只猫头鹰在附近哀叫，他战栗起来。晚风吹着，寒气袭人，他听到有什么在隐隐作响，也许是随风飘舞的叶子，也许是有小动物跑过。他太孤寂了，现在即使是一头熊或者一头豹子跑过，他也会去抚摩它，而它一定也会领会到他的悲痛。周遭的声音让他害怕，要是有篝火就好了。贝尼可以像印第安人那样，不用火石就能生火，但他从没学会这种本事。要是贝尼在这儿就好了，这里会有明亮的篝火，也会有温暖、食物和安慰。他不害怕了，只感到孤独。他拉起苔藓盖在身上，一直哭到睡去。

太阳唤醒了他。他站起来，扯去头发和衣服上的苔藓，现在，他觉得又虚弱又头晕。休息过后，他觉得更饥饿了，想要吃东西的念头折磨着他。他想划回到南莉的家里，请她给自己一些东西吃，但她一定会问他一些问题。她会问他为什么自己来这儿，那他就回答不上来了，除非说爸爸背叛了自己，而且小旗也被害死了。他想了想，决定还是按计划继续前进。

孤独感再一次淹没了他，他失去了小旗，也失去了爸爸。那个痛苦地跪倒在厨房过道里，呼唤着别人扶他站起来的弱小男子，现在已是个陌生人了。他将独木舟推下水，拿起桨，向着宽阔的水面划去。他感觉自己像是进入了另一个世界，在这里他只是个孤独的陌路人。他向着汽船驶过的地方划去，顾不得饥饿，拼命地划桨。风吹得小船直打转，浪也越来越大。当小船倾斜时，浪就涌进船里。船摇晃着前进，船底已积了三厘米高的水，可湖面上连一条船也看不见。

他回头看了一下，船离岸边已经很远了，在他的前方，是看不到尽头的奔涌激流。他惊慌地掉转船头，发疯一样地向岸边划去，也许回到岸上向南莉求援才是最好的办法，就算是从南莉那儿步行到葛茨堡，再从那儿走，也是好的。乔迪的身后吹着大风，他甚至能感觉到那奔涌的激流。他划了很久，但还是没有看到出口。

他因为用力过度和恐惧而发起抖来，他告诉自己，他并没有迷失方向，因为大河是向北流出乔治湖，最终汇入杰克逊维尔湖的，他只要继续划就好了。但大河太宽了，海岸线又复杂得难以分辨。他休息了一阵子，才又开始缓慢地向北划去。他的胃剧痛难忍，令他开始幻想巴克斯特家的餐桌，他看见冒着热气的火腿片正在往下滴油呢，还闻到了那喷香的味道，看见了烙饼和烤得焦黄的玉米面包，还闻到了炸松鼠的香味，喝了刚挤的屈列克赛的奶汁。他饿得简直能和狗儿们去抢食物啦。

这就是饥饿吧，这就是妈妈说的"我们都要饿死"的意思吧。当时他还笑呢，以为自己知道饥饿的滋味，感觉应该坏不到哪儿去。他现在才知道，饥饿不仅仅是食欲，更是一种巨大的恐惧。那种恐惧在不断吞噬着他，用尖利的爪子撕扯着他的五脏，他抵抗着这种恐惧。他想着自己很快就能到达一间小屋或是一个渔夫的帐篷——在那里，他可以厚着脸皮向人家要些食物，应该没人会拒绝他的。

他沿着海岸线向北划了一天，由于太阳的炙烤，傍晚前他的肚子又痛了起来，可是除了喝下去的河水，他什么也吐不出来。在树的周围出现了一座小木屋，他满怀希望地划了过去，但那是一个废弃的屋子，看上去很久没人住了。他悄悄地走了进去，布满灰尘的木架上放着许多罐子，但里面都是空的。在一个坛子里，他找到了一杯发霉的面粉，他用水搅拌了一下就吃了起来。对于一个饿成这样的人来说，这面糊吃起来也是毫无滋味的，但它暂时终止了他的胃痛。树上有松鼠和鸟儿，他试着用石头打下它们，结果把它们都吓跑了。他发着烧，浑身无力，刚吃下去的面粉让他犯困。小屋是个好的栖身之处，他用破布打了一个地铺，然后就睡着了。

早晨，他重新感到了剧烈的饥饿，胃难受得厉害，像有尖爪在撕扯他的肠子。他找到了松鼠埋的一些橡子，然后就狼吞虎咽地吃了起来，那坚硬的、没有被咀嚼的碎片，像锋利的尖刀一样割着他的胃。他无精打采的，几乎连拿起桨的力气也没有。如果不是有水流冲着小船向前行，船就不会再前进了。一上午的时间，他只划了一小段路。到了下午，有三艘汽船从河的中心驶过。他站起来，挥舞着手臂大喊着。但没有人留意他的喊叫，当汽船从他眼前消失时，他哭了起来。他想把船从岸边划到河中心，拦截下一艘汽船。这个时候，风停了，河面上也很平静，他觉得脑中有东西在响。突然，那声音停止了。

当他睁开眼睛时，他所知道的只是天已经黑了，并且他正被人抱起来。

一个男人说道："他不是个醉汉，是个孩子。"

另一个人说："让他躺下吧，他病了。把他的小船系到后面去。"

乔迪向上看了看。他现在一定是在一艘邮轮上，一盏灯挂在墙上，它所发出的光摇曳不定，一个男人朝他俯下身来。

"怎么了，孩子？刚才那么黑，我们几乎把你撞翻了。"

他努力地想回答，但他的嘴唇肿得说不出话来。

另一个人在上面喊道："给他吃点儿东西吧。"

"你饿吗，孩子？"

他点点头。船开始行驶了，舱里的男人为他弄着吃的。乔迪看见一个杯子被推到了他面前，杯里是油腻的肉汤。开始的时候他觉得汤没有味道，但当汤进入他的嘴里，他整个人猛地开始吞食着。

那人好奇地问："你多久没吃东西了？"

"我不知道。"

"嗨，船长，这孩子连什么时候吃过东西都不知道。"

"多给他吃点儿，但要让他慢慢吃，不然他会吐在我的船舱里。"

男人又给他盛了一杯，还拿了些饼干。乔迪努力地控制着自己，但男人拿食物稍微来得慢一些，他就会颤抖起来。当他吃第三杯时，感觉比吃第一杯时好很多。

男人问道："你从哪里来的？"

突然，他感到浑身十分虚弱，深呼吸着，摇曳的灯光让他的眼睛一张一合，终于他闭上双眼，熟睡了过去。

他被邮轮的靠岸声吵醒，有那么一瞬间，他以为他还在独木舟里，在激流中漂着。他站起来，揉揉眼睛，看见了船舱里的炉火，这才记起昨晚的肉汤和饼干。他从梯子爬上去，来到了甲板上。天快亮了，邮袋正被放低送到码头上，他认出了这是卢西亚镇。

船长转过身来说："孩子，现在你告诉我吧，你叫什么名字，又想到哪儿去？"

"我想到波士顿去。"他说。

"你知道波士顿在哪儿吗？它在北方，离这儿很远呢。你这样的旅行方式，走到死也是走不到的。"

乔迪呆呆地看着他。

"好吧，你快说吧。你住在哪儿？"

"巴克斯特岛。"

"我从来没听说过巴克斯特岛。"

有个人大声说："那不是什么岛，船长。那是丛莽中的一块地方，离这儿有 24 千米呢。"

"那你在这儿上岸吗，孩子？让波士顿见鬼去吧！你家里还有人吗？"

乔迪点点头。

"那他们知道你要去哪儿吗？"

他摇摇头。

"自己逃出来的？唉，我要是像你一样是个骨瘦如柴的家伙，我就老老实实地待在家里。除了你的家人，没人会为你这样的小家伙操心的。乔，把他扔到码头上去吧。"

那强壮的胳膊把他举起来，放到了岸上。

"放开他的小船。拉住它，孩子。我们开船吧。"

汽笛长鸣，邮轮缓缓地离去了，一个陌生人把邮袋甩上肩。乔迪蹲在那儿，紧抓住小船的船头，陌生人看了他一眼，就扛着邮袋朝卢西亚镇走去了。朝阳的光辉投射到河面上，水流冲着小船，乔迪抓紧船舷，手臂酸痛极了，陌生人的脚步也渐渐消失了。现在，除了巴克斯特岛，他再也没地方可去了。

他跳上小船，拿起桨，划到了河的西岸。他把小船拴在一个木桩上，抬起头向河对岸望去。正在升起的太阳照着哈托奶奶家的废墟，他的喉咙哽塞了，这个世界已经抛弃了他。他转身慢慢地走上大路，又开始感到饥饿了，但昨晚的食物让他的体力恢复不少，恶心和疼痛感很快就消失了。

他毫无目的地向西走着，除了向西，他再也没有别的方向可走。巴克斯特岛像磁石般吸引着他，只有家是实际存在的，其他的东西都虚无缥缈。他艰难地走着，不知道自己是否还敢回家，他们可能不想要他了吧。他给他们带来了很多麻烦，也许当他走进厨房时，妈妈会像赶小旗一样把他赶出来。他不能给家人带来好处，只会溜出去闲逛、玩耍、无节制地吃东西，他们一直包容着他放肆的胃口。再说小旗已经毁掉了今年的生活，他觉得没有自己，他们会过得更好，他一定是不会受欢迎的。

他沿着大路走着，阳光普照，冬季早已过去。现在是四月了，鸟儿在树丛中歌唱，整个世界，只有他一个人无家可归。他曾经出走到一个世界，那里就像一个令人烦恼、既荒凉又流动的梦境。上午，他在那条大路和往北去的岔路口停下来休息。由于被阳光暴晒着，他的头开始痛。他站起来，向北朝银谷走去。他告诉自己不想回家，而是想到溪边去，在岸边躺一会儿。向北去的路跌宕起伏，很难走，沙地灼烧着他的光脚板，汗珠滚落下来。

到了坡顶，再往东去，草木变得繁茂起来，溪水就在附近了。他浑身酸痛，跌跌撞撞地来到溪水边，拼命地喝起水来。他直喝得肚子发胀，然后就难受地翻过身子闭上了眼睛，昏睡过去了。他感到自己漂浮在一个没有时间的空间里，既不能前进，也无法后退，有些事结束了，但有些事还没有开始。

傍晚前，他醒了。他坐了起来，早开的木兰花在他的头顶怒放着。

他陷入了回忆中。一年前，他也曾来到这儿，在小溪中踏着水，躺在溪边，那时的景色多么美好动人啊。当初他曾给自己做了一架小水车，他站起来，急忙去找寻那个小水车。对于乔迪来说，找到那小水车,就能找到过去美好的回忆,但那转动的小水车已经没有了,洪水将它冲跑了。

他固执地想着:"我要再造一个小水车。"

他割下树枝作支架,又从野樱桃树上割下一根枝条用作转轴,从棕榈树上割下叶片作轮叶。他把支架插入河床,使轮叶转动起来。升上来,转个圈,落下去,又升上来,转个圈,落下去,小水车不停地转动着。那银色的水珠又飞溅开来,但它仅仅是个小水车罢了,不再有什么魔法,也不再有什么魅力。

他说道:"破玩意儿……"

他一脚踢开了小水车,那些碎片顺流而下。他扑倒在地上,伤心地哭起来,现在,他从哪里都找不到安慰了。

他想到了贝尼,对家的想念猛烈地撞击着他。那一刻,他忽然好想看到贝尼,他忍受不了看不到贝尼。爸爸的声音对他来说是不可缺少的,他从来没有这样渴望见到爸爸那佝偻的背影,这比他在最饥饿的时候对食物的渴望还要强烈。他站起身来,走上溪岸,开始沿着大路向家跑去,一边跑,一边哭。爸爸也许已经不在那儿了,也许已经死了。庄稼被毁了,儿子出走了,他也许因为承受不了这些而搬走了,他可能再也找不到爸爸了。

他一边哭一边喊着:"爸爸,等等我。"

夕阳就要落山了,他担心天黑前赶不到家,但他已经筋疲力尽了,不得不放慢脚步。离家还有两千米的路，天就黑了，即使这样，地域的标识也还是熟悉的，那些高大的松树依然矗立在那里。他走近围栅，摸索着打开了门，走进了院子。他绕过厨房，从窗口向里窥视着。

微弱的炉火燃烧着，贝尼佝偻着腰，裹着被子坐在火炉旁。他用一只手遮着眼睛。乔迪走到门口，拉开门闩，走进屋里，贝尼抬起头。

"是奥拉吗？"

"是我。"

他以为爸爸没有听见。

"是乔迪。"

贝尼回过头来，吃惊地看着他，仿佛那满脸都是泪水和汗水的孩子，是他盼望已久的陌生人。

他叫道："乔迪！"

乔迪低下了头。

"过来点儿！"

他来到贝尼身边。贝尼伸出手拉过乔迪的手，将它放在自己的两手间抚摩着，乔迪感到贝尼的泪滴在了他手上。

"儿子，我差点儿把你折磨死了。"

贝尼抬起头来看着他。

"你还好吧？"

第六章

他点点头。

"你很好——没有死，也没有出走，你很好。"一阵喜悦洋溢在他脸上，"太好啦。"

这真是难以置信，乔迪想，爸爸还是喜欢他、想要他的。

他说："我不得不回家来。"

"你当然要回家来。"

"我说的不是这个意思，我只是恨你……"

贝尼的脸上浮现出了熟悉的微笑。

"你不会真恨我的，你说的都是孩子话。当我还是个孩子的时候，也是如此。"

贝尼在椅子里转动。

"儿子，你饿吗？"

"这些天我只吃过一顿饭，昨天晚上吃的。"

"只吃过一顿？那你应该见过饥饿这魔鬼了。"他的眼睛像乔迪想象的那样闪烁着，"饥饿这魔鬼，它比老缺趾还令人讨厌，不是吗？"

"它真可怕。"

"那儿有饼干，打开那蜜罐，那个瓢里应该还有牛奶。"

乔迪笨拙地摸索着。他站在那里狼吞虎咽地大吃起来，贝尼注视着他。

贝尼说："我很难过，你要这般体会饥饿的滋味。"

"妈妈呢，她在哪儿？"

"她赶着大车到福里斯特家去换玉米种子了。她想重新种一些庄稼，拿了几只鸡过去交换。这可是严重挫伤了她的自尊心啊，可她又不得不去。"

乔迪关上了屋子的门。

他说："我太脏了，要洗个澡。"

"炉灶上有热水。"

乔迪把水倒入水盆中，冲洗着自己的脸、手臂和双手。水脏得都没办法洗脚，于是他把脏水泼到门外，又倒了更多的水，这才坐下来洗脚。

贝尼饶有兴致地说："我很想知道你去了什么地方。"

"我在河上漂流，计划去波士顿。"

"我明白了。"

贝尼裹在被子里显得瘦小极了。

乔迪说："你呢，爸爸，身体好些了吗？"

贝尼久久地注视着炉中的余烬。

他说："你最好知道真相——我可能再也不能打猎了。"

乔迪说："等我干完地里的活，我就去把老大夫请来给你看病。"

贝尼仔细地看着他，说："你变了，儿子。你已经经受了一次惩罚，

281

再也不是一岁的小鹿了，乔迪……"

"是啊，爸爸。"

"我要和你谈一谈，是男人间的谈话。你以为我背叛了你，但每个大人都必须懂得一件事，也许你现在也已经懂得了。我，你的一岁小鹿，还有别的东西，都叫它给毁了。儿子，是生活在背叛你呀。"

乔迪看着爸爸，点点头。

贝尼说："你已经看到了生活的百态，也知道了人心的自私和卑鄙。你看过死神对人的愚弄，也认识了饥饿这魔鬼。每个人都希望自己的生活美好而安逸。生活是美好的，孩子，非常美好，可是它并不安逸。生活打倒一个人，他站起来，生活会再次把他打倒。我这一生过得都不安逸呀。"

贝尼的两手抓着被子。

"我是多么希望你的生活过得轻松些，至少要比我的好。当一个人看着他年幼的孩子不得不去面对残酷的人生时，当他知道他的孩子不得不去饱受他经历过的种种折磨时，他是多么痛心啊！我以前尽可能不让你承受那些折磨，也希望你能和你那一岁的小鹿在一起玩耍嬉戏，我知道它大大减轻了你的寂寞。可是每个大人都是寂寞的。那么他怎么办呢？当他被生活压倒时，他又能怎么办呢？他只有勇敢地挑起重担，重新前进。"

乔迪说："爸爸，我很惭愧，我选择了逃避。"

贝尼坐直了身子。

他说："你已经长大了，你有权选择自己的前途。你当然可以选择到海上去，像奥利弗一样。世上有些人适合在大海上，有些人却适合在陆地上。但是，我很高兴你回来了，你选择了留在这里。我很愿意看到有一天，你能在这儿掘一口井，这样女人们就不用去那么远的地方洗东西了。你愿意吗，儿子？"

"我很愿意。"

"来，握握手。"

贝尼闭上了眼睛。炉火烧得只剩下火炭了，乔迪用灰盖住它们，这样那烧红的木炭才能维持到第二天早晨。

贝尼说："现在你得扶我上床去，你妈妈大概在那儿过夜了。"

乔迪用肩膀抵住他，贝尼靠在他的肩膀上，步履艰难地走到自己的床边。乔迪拉过被子，给他盖好。

"儿子，是饥渴让你不得不回家的啊。快去好好休息吧。晚安，儿子！"

乔迪走进自己的房间，关上门，脱下破烂的衬衣和裤子，钻进温暖的被窝。床很软，他伸展着双腿，非常舒服地躺着。他明天必须一早就起来，去挤牛奶，砍柴，种庄稼。但他干活时，小旗再也不会跑过来和他玩耍了，而他爸爸也再不能肩负起生活的重担了。但这些都没关系，因为他能够应付这一切。

他觉得自己在倾听着什么，他想听的是小鹿的声音，听它在屋里到处乱跑，或是在自己的小窝中轻轻骚动，可他永远也听不到那些声音了。他很想知道，妈妈会不会把垃圾倒在小旗的尸体上，那些秃鹰会不会吃光了它。小旗——他不相信自己将来还会爱什么胜过爱它，无论是男人、女人还是自己的孩子。他这一生都将寂寞地度过。可是，一个男人必须放下这些，挑起生活的重担，继续前进。

快要入睡的时候，他不禁喊道："小旗！"

这不是他自己的声音在喊，那是一个孩子的呼声。在灰岩坑那边的什么地方，一个孩子和一只一岁的小鹿并肩跑过那棵木兰树，在橡树底下嬉戏，可这画面永远地消失了。

小旗，小旗……